Shenqi De Silu Minjian

神奇的丝路民间故事

巴基斯坦民间故事

BAJISITAN MINJIAN GUSHI

丛书主编　姜永仁

本册主编　孔菊兰　唐孟生

时代出版传媒股份有限公司
安徽文艺出版社

图书在版编目（CIP）数据

巴基斯坦民间故事/孔菊兰，唐孟生本册主编.—合肥：安徽文艺出版社，2018.1(2020.6重印)
（神奇的丝路民间故事/姜永仁主编）
ISBN 978-7-5396-6163-6

Ⅰ.①巴… Ⅱ.①孔… ②唐… Ⅲ.①民间故事—作品集—巴基斯坦 Ⅳ.①I353.73

中国版本图书馆CIP数据核字(2017)第180382号

出 版 人：朱寒冬　　出版统筹：周 康　李 芳
责任编辑：李 芳　姚 衎　　装帧设计：徐 睿

出版发行：时代出版传媒股份有限公司　www.press-mart.com
安徽文艺出版社　www.awpub.com
地　址：合肥市翡翠路1118号　邮政编码：230071
营 销 部：(0551)63533889
印　制：济南市莱芜凤城印务有限公司

开本：880×1230　1/32　印张：6.25　字数：135千字
版次：2018年1月第1版　2020年6月第2次印刷
定价：28.00元

总　序

青少年朋友们，大家好！

安徽文艺出版社为了配合“一带一路”倡议的实施，决定出版一套《神奇的丝路民间故事》丛书，并邀请我担任这套丛书的主编，这使我激动不已。一方面是因为我年逾古稀还有机会为“一带一路”倡议的实施贡献出自己的一份力量，另一方面是因为我能为祖国的未来——青少年朋友的成长做一件有益的事情。为此，我毅然决定接受邀请，出任该套丛书的主编。

2013 年，习近平主席在访问哈萨克斯坦和印度尼西亚期间，先后提出共同建设“丝绸之路经济带”和“21 世纪海上丝绸之路”的倡议。这一倡议是希望通过政策沟通、设施联通、贸易畅通、资金融通、民心相通，使沿线国家乃至世界各国能够共享我国改革开放经济发展的成果，是一项共商、共建、共享的战略设计。截至目前，已经有 100 多个国家和国际组织参加到“一带一路”建设中来，纷纷将本国的发展计划与“一带一路”建设计划对接。

安徽文艺出版社策划出版的《神奇的丝路民间故事》丛书正是在这种形势下应运而生。它的问世是落实“一带一路”倡议的需求，是我国与“一带一路”沿线国家人民实现民心相通的需求。它的出版，必将有助于我国与“一带一路”沿线国家人民加深了解、增强互信。

《神奇的丝路民间故事》丛书包括丝路沿线的俄罗斯、匈牙利、印度尼西亚、泰国、缅甸、越南、柬埔寨、老挝、菲律宾、马来西亚、伊朗、巴基斯坦等国家的民间故事。这些国家的民间故事情节动人，形象逼真，寓意深刻，有益于青少年的成长。

青少年是国家的未来，是祖国的希望，是建设国家的栋梁，肩负着实现中国梦的重任，任重而道远，只有多读书，读好书，增加知识，增长才干，才能不负众望，才能不辱使命，为实现中华民族伟大复兴的中国梦而贡献力量。

安徽文艺出版社编辑出版的《神奇的丝路民间故事》丛书恰逢其时，值得青少年朋友一读。

姜永仁

于北京大学博雅德园寓所

2017年10月

前　　言

巴基斯坦是一个年轻而又古老的伟大国家。当世界许多地方还处于文明萌芽阶段的时候，这片土地就孕育了璀璨夺目的古代文明。古老的摩亨佐·达罗古城遗址、美妙的犍陀罗艺术、神奇的拉合尔古堡、宏伟的巴德夏希清真寺，无不展现着巴基斯坦文化的丰富多彩与精妙绝伦。

中巴两国人文交流悠久漫长的历史，是两国人民友谊的源泉，也是两国关系发展的根基。时至今日，中巴友谊已如一棵茁壮成长的大树，根深叶茂。

2013 年 5 月，李克强总理访问巴基斯坦时提出打造一条北起我国喀什、南抵巴基斯坦瓜达尔港的“中巴经济走廊”，2013 年 9 月，习近平主席提出“一带一路”倡议，“中巴经济走廊”作为“一带一路”的旗舰与标杆，地处陆地丝绸之路经济带和海上丝绸之路的交汇处，颇具重要战略意义。

“一带一路”与“中巴经济走廊”带动了国家间的文化交流。

在国与国经济频繁交往的同时，了解一国的民间文学成为一种必然。

巴基斯坦民间故事丰富多彩，寓意深刻，是世界民间文学的一株奇葩，闻名于世。巴基斯坦是一个多民族的国家，民间文学各民族不尽相同，有共同拥有的，有各自不同的。民间传说、爱情传奇故事、童话故事、笑话等都是流传在巴基斯坦的主要民间故事。无论哪种民间故事无不充满了忍耐、顺从、善良、虔诚、慷慨的伦理道德规范。

巴基斯坦的这些民间故事，有很大部分是从浩如烟海的印度民间文学继承而来，很多印度本土的故事被删选，逐渐变成脍炙人口短小的民间故事。这些故事多来自《五卷书》《故事海》《鹦鹉的故事》《本生经》等。此外，有相当多的巴基斯坦民间故事来自中亚波斯和西亚的民间故事，如《哈迪姆·塔伊》《一千零一夜》《波斯民间故事》等等。经过几个世纪的口口相传，以及故事编撰者的删改、增添，变成今日一个个栩栩如生的故事。

巴基斯坦民间故事的宝库十分充盈，种类繁多，情节生动，言简意赅而且寓意深刻，其故事有的壮美，有的滑稽，有的崇高，都可以给阅读者以思想启迪和美的享受。

目　　录

十二岁之后

从前，有一个善良的国王，他统治的国家地域辽阔，人口众多，人们安居乐业。真主把什么都赐给了他，他唯一的缺憾是膝下无子。为此，他和皇后整天愁眉不展。他们多么想有一个儿子或女儿呀！为了得到后代，他们每日祈祷，恳求真主赐给他们一男半女。为了表示自己的真诚，国王经常打开粮仓，赈济穷人，有时还亲自去拜访宗教长老，带给他们金钱和礼物。每当这时，国王都要和他们说："请为我祈祷，求真主赐我一个聪明活泼的孩子。"只要听说哪儿有长老，国王就会赶到那里求他们为自己祈祷。但是奔走、祈求并没有使他期盼孩子的愿望变成现实。时间一天天、一年年在流逝，国王和王后年龄越来越大，他们盼子的心情也更加急切。

每当国王处理完国事，闲暇时总在琢磨：百年之后，谁来接我的班？难道家族的香火从我这儿断了不成？一天，他正为此苦恼，宰相走了进来，说："陛下，老臣得知城里最近来了一位长老，听说他有极深的道行。"

“你是怎么知道的?”国王问。

“陛下,城里人都在传,说他的祈祷很灵。”

听了宰相的这番话,国王仿佛见到了希望,心想,可能我的愿望就要实现了。于是,他对宰相说:“如果是这样,我想去见一见这位长老。”

国王来见长老,他十分谦恭地请求长老为自己祈祷。

长老被国王的虔诚和恭顺所感动,他对国王说:“真主把皇位赐予了你,你还缺少什么?”

“长老,我膝下无子,请您为我祈祷,让我也有机会享受人间欢乐。”

长老十分同情国王,他沉思片刻,当即举起双臂为国王祈祷。做完祈祷,长老说:“你命中只有一个儿子,但是……”

“告诉我,我的儿子会怎么样?”国王急切地问。

“你的儿子长到十二岁就会夭折。”长老说。

国王又喜又愁地看着老者,仿佛在说:“看在真主的分上,帮帮我吧!”

长老说:“这是真主的安排,谁也无能为力。”

国王回到宫里,把长老的话告诉了王后。长老的话给他们带来了喜悦,此外,还有忧愁。不久,王后果然有喜,数月后生下了一个儿子。国王和王后高兴极了,举国庆祝,打开国库分发财物,全国的百姓都为善良的国王祝福。

时间过得很快,国王整日忙于处理国事,竟没有注意到王子已经快到十二岁了。王后却没有忘记长老的话,每当她看着王子在自己面前跑来跑去时,眼泪就禁不住地流出来。一天,王子看到母亲伤心的样子,便问道:“母后,最近我看见您常流泪,这是怎么回事呀?”

王后吞吞吐吐不讲,王子执意要王后讲:“到底是什么事让母后伤心流泪呢?”但王后仍不肯讲,王子好不高兴地说:“您要是不告诉我,我就再也不理您了。”

无奈之下,王后只好把十二年前长老的话说给王子听,并伤心地说:“每当你出现在我面前,我就会想,到了十二岁你将要离开这个世界,离开我。现在你就要到十二岁了,我心痛得直流泪。”

听了王后的话,王子心想:如果我十二岁就得死,我干吗不早点离开父母?免得到时候让他们伤心。几天来王子闷闷不乐,思来想去最终拿定了出走的主意。一天晚上,他悄悄地收拾好行装,带上弓箭离宫远去。

王子离开王宫,经过一夜的行走,清晨进入一片森林,看见三个人不知为什么在争吵。他仔细一听,原来是三个小偷,正在为分赃不均争吵。他们偷了三样东西:一双木屐,穿上它,一会儿就能飞到想去的地方;一条披巾,给死人披上就会让人死而复生;一口小锅,只要往锅里放一把米,就会有吃不完的饭。

一个说:“我要木屐。”

另一个说:“我也要木屐。”

第三个说:“我也要木屐。”

说到第二件和第三件东西,他们个个也都想要,谁也不肯放弃。在他们吵得不可开交的时候,王子来到他们面前。三个小偷请王子为他们裁决。

小偷告诉王子事情的经过,并把三件宝贝的妙用一字不差地说给王子听。最后,他们说:“你裁决吧,这三件宝贝怎么分,哪件给谁由你决定。”

王子说:“我是一个王子,我可以为你们做裁决,但是有一个条件。”

“什么条件?请说。”三个小偷一起问道。

“一旦我做出裁定,你们必须接受。”

“不管你怎么裁定,我们都接受。”三个小偷异口同声地答道。

王子说:“我射出三支箭,你们三人一起去捡,最早捡回来的人,给他木屐;第二个回来的人,将得到披巾;最后回来的人,小锅归他。”

三个小偷接受了王子的建议,说:“我们同意,你射吧。”

王子张弓射箭,箭射向三个不同的方向。三箭射出之后,王子大喊一声:“快去捡吧!”

三个小偷跑去捡箭,王子见他们跑远了,急忙用披巾包起小锅,穿上木屐,说了一声:“木屐,快把我送到一个有漂亮公主的国家去。”话音一落，木屐就带王子来到高格朗国。

森林那边，等三个小偷捡回箭，发现王子不见了，方知上当受骗。但是，他们又能怎么样呢？只好自认倒霉。

王子来到高格朗国后，住在一个厨娘家里。他称厨娘为母亲，老厨娘没有子女，有人认她为母亲她心里自然高兴。白天，王子为厨娘干活；晚上，等厨娘熟睡之后，他悄悄爬起来，穿上木屐，说一声：“木屐，送我到高格朗国的公主那里去吧。”

很快，木屐就带他来到公主的住处。王子偷偷拿起公主的戒指、项链和拖鞋回到厨娘家。他的举动真是神不知鬼不觉，但是丢失东西之事引起了公主的警惕，她心想，这是怎么回事呢？以前宫里从来没有丢过东西。

过了数日，一天夜里，丢失的东西突然又都回到了原来的地方。公主大为惊讶，她立即将此事报告给了国王。国王怎么也想不到，在重兵把守的王宫，除了公主，还有人能进入公主的闺房。于是，国王下令增兵严守，公主闺房外的士兵比原来多了四倍。但是，每天晚上公主房里还是有一件东西不翼而飞。次数多了，公主就越来越害怕。

国王无奈，只好找来宰相商量。宰相说：“找一个大盆，装满气味浓而且保持时间长的香料，放在公主床前，来人不小心定会踩翻大盆，盆里的香料就会沾满他全身，衣服也会染上香料气味，这样抓他就容易了。”

国王觉得宰相的主意很好，立即吩咐仆人按宰相的意思去准备。很快，香料和大盆都准备好了。

夜深人静，王子又来到公主的闺房。他蹑手蹑脚直奔公主床前，不小心一脚踩进香料盆，摔倒在地。香料盆被踩翻，香料洒了他一身。被惊醒的公主大叫一声，吓得王子急忙穿上木屐，说了声"快送我回去"，木屐带王子逃出王宫。

第二天，满身沾有香料气味的王子被抓进王宫。国王亲自审理此案，王子对自己的所作所为供认不讳。国王下令处以绞刑，执行前，国王问他："青年人，你可以有一个愿望。"

王子说："陛下，我有两个愿望。"

"说吧，你的两个愿望都可以实现。"

王子说："在上绞刑架之前，请允许我见一眼我的母亲；第二，在我死后，请把我的尸体交给我的母亲。"

"可以，我满足你的这两个愿望。"

第二天，在王子被送上绞刑架的时候，老厨娘来了，王子悄悄地对她说："妈妈，我死后，请您把我的尸体运回家，下葬之前，把我的那块披巾盖在我的身上。"

老厨娘哭着说："孩子，放心吧，我会照你说的去做。"

王子已满十二岁了，按照长老的说法，他已活到了日子，也该走了。

王子被处死后，厨娘把他的尸体运回家，拿出披巾朝他的尸体上一盖，就见王子一边念着“真主保佑”，一边慢慢坐了起来。厨娘见他活了过来，吓得浑身发抖，不知所措。王子把披巾的故事告诉了她，她才恢复正常，并且说：“儿呀，你快去把公主带回家。”

王子说：“放心吧，妈妈，我这就去。”说完，他穿上木屐飞到公主的闺房。见公主正在熟睡，他轻轻地把自己的脚绑在一根床腿上，然后对木屐说：“快把我和公主带回我家的花园。”话音一落，他就带着公主的床飞了起来，转眼就回到了自己的国家。公主还在熟睡，王子一琢磨，现在离天亮还早，干脆我也睡一会儿，反正她也跑不了。想到这里，他把绑在床上的脚解开，又把三样宝贝放在一边，自己倒头便睡。

清晨，公主睁开眼睛，发现不是睡在自己的宫里，而是在花园里，又发现王子睡在一边，身边还放着三件东西。她明白了，一定是他借助这些东西把自己带到了这里。她悄悄地把锅和木屐放在床上，对披巾说：“请把我送回到原来的地方。”但是床没有动。她急忙放下披巾，穿上木屐，说了一声：“请把我送回到原来的地方。”霎时间，公主又回到宫里。

王子一觉醒来，发现公主和三件宝贝都不见了。他断定是公主带上他的三件宝贝走了。他十分后悔，可又有什么办法呢？他想去见父母亲，可转念一想，自己一定要把高格朗国的公主带回来。因此，他没有去见父母，就又上路了。一路上，他饿了以野果充饥，渴了以泉水解渴，累了席地而睡。就这样一直走呀走，一天，他来到一棵大树下，感到很累，就靠着大树休息一会儿。树上一只鹦鹉和一只八哥在说话，只听八哥对鹦鹉说："鹦鹉，我告诉你，如果有人吃了这棵树上的树叶，他就会变成猴子。"

"这有什么了不起的，如果变成猴子的人喝了用这棵树的树枝煮的汤，他又会由猴子变成人。"

八哥和鹦鹉飞走了。王子采摘了这棵树的一些树叶和树枝，又继续赶路。经过长途跋涉，历尽千辛万苦，他终于来到高格朗国。他这次又住在老厨娘家，没了木屐，他到不了公主的宫殿。为了能进入王宫，见到公主，他只好再想办法。一天，他买了一些豆面，让老厨娘做成最美味的乐肚①，其中一些乐肚掺入了树叶，另一些掺入了树枝汤。王子吩咐老厨娘，把做好的乐肚送进宫里。他又叮嘱老厨娘："妈妈，您把这些乐肚分给宫女们，留下五个给公主吃，千万别给其他人。"

厨娘按照王子的吩咐，把一些乐肚分给了宫女，剩下的五个送给公主。她对公主说："公主，我儿子家有喜事了，我送来乐肚是想让您与我们共享欢乐。"

公主本来不想接受乐肚，但是，为了不使老人家扫兴，就让人留了下来。晚上，她有点饿，拿起一个乐肚吃了。乐肚刚一下肚，美丽的公主就变成了猴子。第二天，国王得知女儿变成了猴子，急

① 乐肚：一种甜食的名字。

忙唤宰相和大臣们去寻找医生。医生和法术家一个又一个被召进宫里，但是，没有人能让公主恢复原来的相貌。国王心急如焚。一天，王子装扮成游方僧来见国王，说他能治好公主的病。国王说："已经来了很多名医，谁都治不了公主的病，你能有什么办法治好她的病呢？告诉我，你可以去诊治，要是治不好公主的病，我就要你的脑袋。"

王子说："我接受你的条件，不过，我也有我的条件。请你给我几天时间，允许我待在公主房里，如果我治好了她的病，你要答应把她嫁给我。"

国王点头同意，他根本不相信王子能治好公主的病。国王吩咐人把王子带进公主的房里。王子让宫女和仆人出去，然后自言自语地说："这就是对拿了我的东西而逃跑的一种惩罚。"

公主走上前来，央求王子，说："看在真主的分上，原谅我的过错吧，快把我从灾难中解救出来。"

王子说："你先告诉我，我的小锅、披巾和木屐在哪儿？"

公主默不作声。

王子说："告诉你，不交出我的三件宝贝，我就不帮你复原人貌。"

无奈之下，公主只好把藏宝的地方告诉王子。王子拿到三件宝贝后，给公主吃了他带来的乐肚。不一会儿，公主又恢复了她原有的美丽容颜。

公主又变成人，消息传到国王那里，他高兴至极，立即宣布举国上下共同庆贺。高兴之余，国王没有忘记答应王子求婚的要求，但是，他不甘心把女儿嫁给一个游方僧为妻。他找来王子，对他说："我的女儿是一个公主，而你是一个游方僧，让我怎么把女儿嫁给你呢？"

"陛下，这是您自己许下的诺言，国王怎么能言而无信呢？"

国王被王子问得哑口无言，但是，他内心十分矛盾。同意把女儿嫁给他，就等于毁了女儿的一生；不同意，又失信于天下。怎么办？就在他左右为难的时候，王子脱了游方僧的行头，国王面前立刻出现一个十分英俊的小伙子。王子把自己的身世和经历一五一十地告诉了国王，国王恍然大悟。

王子讲完自己的来历，面对国王说："我的故事讲完了，现在请陛下决定吧。"

国王看见给公主治病的不是游方僧，而是一位王子，十分高兴，上前和王子拥抱，并说："我答应将公主许配与你。"

王宫里里外外张灯结彩，在国王的主持下，王子与公主喜结良缘。王子的夙愿终于实现，娶到了他梦寐以求、如花似玉的公主。婚后不久，王子带着公主回到自己的国家。国王和王后见到王子健康地回来了，还带回一位年轻美貌的儿媳，真是喜出望外。王宫上下一片欢腾。

从此，国王一家幸福和睦，国内国泰民安，一片祥和。

智慧与命运

一天，智慧与命运争执起来。智慧说："我的本事比你大。"命运说："我的本事比你大。"争来争去，谁也说服不了谁。最后，它们商定在一个人身上做一次试验，看看到底谁的本事大。

它们选准了一个牧羊人。牧羊人以替别人放羊糊口度日，由于终日与羊打交道，他的很多习惯酷似羊，特别是他吃饭、喝水的动作与羊一模一样。

话说，国王的女儿到了结婚的年龄，她的美貌使很多国家的王子慕名赶来求婚。国王想：若是选中其中一个，那就要得罪其他王子，最好能想出一个既能解决公主的婚事，又不影响同别国关系的两全其美的好主意。经过深思熟虑，国王决定通过转久丽①来择婿。

① 久丽：一种盛奶或水的瓷器或铜器器皿。旧时习惯用旋转久丽来解决有争执的问题，它停在谁的面前，谁就有决定权。

选婿的日子到了，各国国王、王子、富豪以及穷人都纷纷赶来。那日，牧羊人碰巧也来看热闹。他见众多人围在一起，便站在一个角落里，看谁被选中。

智慧和命运也随牧羊人来到现场。命运说："你瞧着吧，我要和牧羊人在一起，你就会看到，我们谁的本事大。"

国王一声令下，久丽旋转起来，转来转去，突然停在牧羊人面前。众人见了大吃一惊，心想：久丽怎么会停在一个衣不遮体、蓬头垢面的牧羊人面前？眼看着一位美丽的公主就要落到一个牧羊人手里，在场的很多人都接受不了这一现实，于是，齐声嚷道："这不是公主的真实命运，重转一次，重转一次……"

依照多数人的意愿，国王决定再转一次久丽。这次久丽又停在牧羊人面前。国王和王子们还是不服气，又转了第三次，结果久丽还是停在牧羊人面前。无奈，国王只好接受牧羊人为自己的女婿。仆人们帮他沐浴，刮脸，穿戴好华丽的衣裳，在国王面前与公主完婚。

结婚仪式完毕后，公主见他吃、喝与羊一般，十分厌恶。公主心想：牧羊人肯定是个白痴，如何能跟这种人生活一辈子？想到这里，她计上心来。公主对牧羊人说："你要是能回答出我的问题，你就可以做我的丈夫，一辈子住在王宫里，否则我就要把你绞死。"牧羊人同意了。

公主问："什么东西的肚子好？"

牧羊人答:“比拉鱼的肚子好。”

公主问:“什么东西连绵不断?”

牧羊人答:“木头连绵不断。”

公主问:“什么花好?”

牧羊人答:“玫瑰花好。”

牧羊人的答非所问激怒了公主,她叫来宰相,命他立即把这个蠢人拖出去绞死。

智慧和命运一直在目睹着这出戏。智慧对命运说:“你干的好事,让他与公主攀上亲,可这件好事会要他的命,新婚之夜就要被绞死。”

命运无可奈何地说:“我所有的本事都施展尽了,现在我是无能为力了。”

智慧说:“让我助他一臂之力给你看看。”说完,智慧就钻入牧羊人的大脑。牧羊人立时来了灵感,他对宰相说:“宰相大人,您好啊,我们这是去哪儿?”

宰相告诉了他。牧羊人想,现在应该想办法摆脱这个灾难。于是,他对宰相说:“宰相大人,执行公主的旨意我在所不辞。如果临死前能见国王一面,我死而无怨。”

宰相同意了他的请求,把他带到国王面前。他对国王说:“国王陛下,您自愿选我做您的女婿,几个小时前让我与公主举行了婚礼。可现在我就要被绞死了,这太不合情理了。”

国王疑惑地看了宰相一眼。宰相说:“公主说他是个傻瓜,让我绞死他。”

国王立即叫来公主,问她为何如此残暴。

公主对国王说:“我们有言在先,他若回答不出我的问题,我就绞死他。”

国王说:“好吧,你当着我的面,再问他一遍,如果他回答出来,就免他一死,如果回答错了,再绞死他也不迟。”

公主又一次重复了第一个问题:“什么东西的肚子好?”

牧羊人答:“大地的肚子好,它能囊括万物。”

公主问第二个问题:“什么东西连绵不断?”

牧羊人答:“雨连绵不断,它使人心旷神怡、延年益寿。”

公主问最后一个问题:“什么花好?”

牧羊人答:“棉花的花好,人们可以用它来包裹自己的身躯。”

听了牧羊人的回答,国王对公主说:“女儿,这可不是傻瓜所能回答出来的,这是一个有智慧的人的语言。”

公主后悔自己为什么这么鲁莽,做出了要绞死丈夫的决定。最后,她满面羞惭地请求丈夫原谅。从此,两人欢欢喜喜地生活在一起。

命运对智慧说:“我服气了,没有你,我什么也做不了……”

从此,命运和智慧言归于好,再也不吵吵闹闹了。

谢赫扎尔国王

从前有一个国王，他勇敢过人，武艺超群，要论箭法，更是百发百中。他的名字也体现出他的能力，“谢赫扎尔”就是力大无比的意思。

国王每天早晨练习射箭时都要带着王后同去。一到练习场，他就对王后喊道：“你把鼻环①摆正了！看我怎样把箭从你的鼻环中间射过去。”每当箭不偏不斜穿过王后的鼻环时，国王就高兴地说：“看到了吧，我亲爱的王后，世界上有哪个人的箭法能与我相比？”

王后随声附和道：“伟大的陛下，您是盖世无双的勇士。”王后嘴上这样说，完全是为了让国王高兴，心却怦怦地跳个不停。她想：如果哪天他失手了，我不就没命了吗？

一天，王后回娘家省亲，母亲看到她脸色苍白，便问：“女儿，有

---

① 鼻环：南亚地区妇女经常戴的一种鼻饰，故事中的鼻环类似大耳环。

人欺负你了吗？你怎么越来越憔悴了？”

王后说：“母亲，国王每天拉着我陪他练箭，每当箭从我的鼻环中穿过，我都吓得要死，真怕哪天他失手要了我的命。”

母亲听后，为女儿出了一个主意。她说：“你再陪他练习射箭时，除了赞扬他的箭法之外，还要告诉他现在世界上并不太平。照我的主意去做，保你今后再也不用担惊受怕了。”

第二天早上，国王又叫王后去陪练。当箭穿过王后的鼻环后，国王仍问道：“世界上有哪个人的箭法能与我相比？”

王后说：“您的箭法没人能比，但是，现在世界上并不太平。”

谢赫扎尔国王怒气冲冲地说：“我要去看看哪儿不太平？”话一说完，他便离家出走了。

一天，国王看见一个青年一边跑，一边拉弓对准天空，嗖的一声，一只天鹅从空中掉落下来。谢赫扎尔国王说：“朋友，像你这样的射手世界上难以找到。”

青年人说：“人们说我是神射手，但是，我比不上谢赫扎尔国王，他才是真正的神射手。我没有见过他，但我从心里敬佩他。”

谢赫扎尔国王向青年人做了自我介绍。那青年人欣喜若狂，急忙上前和谢赫扎尔紧紧地拥抱在一起，并且说：“今后您去哪儿，我就随您去哪儿。”

两个人结为朋友，一同向前走去。过了一会儿，迎面遇见一个放牧人。他肩上扛着一棵橡树，腰间的布袋里装着一只羊羔，两只手还搓着绳子。谢赫扎尔国王迎上去，对他说："喂，依我之见，世界上没有人能超过你的力气了。"

放牧人说："兄弟，有啊，谢赫扎尔国王就比我力气大。我正要去找他呢。"

谢赫扎尔国王向放牧人介绍了自己。放牧人连忙拜见，并且成为国王的朋友。他们三人结伴继续往前走。

不一会儿，他们看见一个青年人正在挖井，他把泥土从一百多米深的井底一锹一锹地挖上来。谢赫扎尔一看，便走上前夸奖他是世界上最有力气的大力士。

挖井人说："我这算什么？谢赫扎尔国王才是真正的大力士。虽然我没有见过他，但是他已经是我的朋友了。"

谢赫扎尔告诉挖井人自己就是国王谢赫扎尔。挖井人听说他是国王，当即表示要跟他走，国王同意了，从此他们又多了一个同行者。

当他们来到一座山脚下时，看见一个铁匠。他用腿挡住从山上滚下来的大树，两手还在忙着铸剑。这情景让谢赫扎尔国王看得出神，他对铁匠说："我从没见过像你这样的大力士。"

铁匠说："兄弟，要说大力士嘛，非谢赫扎尔国王莫属了，这把剑就是为他铸造的。这可是他的命根子呀！"

谢赫扎尔向他说明自己就是谢赫扎尔国王。铁匠听后十分激动，立即把铸好的剑交给了谢赫扎尔国王，并随他们一道继续前行。

他们五人继续往前走。路上,他们看见一个人在卷裤腿,便走上前去想问个究竟。那人回答说:“我比鹿跑得还快,只要几分钟,就能抓住一只鹿。人家都管我叫飞毛腿。”话音刚落,就看他蹿出去好远,没多大工夫就怀抱着一只鹿回来了。看到他奔跑如此神速,谢赫扎尔很高兴。他告诉飞毛腿自己是谢赫扎尔国王。飞毛腿久闻其大名,自然也就投靠了他。

他们又往前走了一会儿,天就黑了。此时,他们又累又饿。谢赫扎尔问谁去取火烧饭,神射手自告奋勇。他来到一个村庄,看见一个老苦行僧坐在一堆篝火旁吹火。神射手走近火堆,刚要动手取火时,苦行僧说:“那样会烧着手的,用这个火钳子夹吧。”神射手弯腰去拿火钳,苦行僧一把抓住了他,并用两条腿紧紧地夹住他的脖子。

谢赫扎尔及其伙伴见神射手一去不回,以为他撇下大家自己跑了。于是,又派放牧人去取火。

过了一会儿也不见他回来,接着又先后派出挖井人、铁匠去找火,他们也都是一去不复返。

谢赫扎尔国王想:派出去的人都没有回来,一定是发生了什么事。他让飞毛腿坐在原地等着,自己亲自去找。谢赫扎尔也看见了那个老苦行僧,他猜一定是这个老家伙捣的鬼。他二话没说就去取火。这时,苦行僧说:“小心别烧着手,那儿有把火钳,用火钳夹吧。”

谢赫扎尔不仅勇敢，而且还善于动脑筋。他用眼角的余光瞟着苦行僧，在苦行僧伸手要抓他的时候，他对准苦行僧的脸猛击一拳，打得他踉踉跄跄地摔倒在一边。谢赫扎尔救出所有的朋友。

过了一会儿，苦行僧艰难地爬了起来，他跪倒在谢赫扎尔的面前，苦苦哀求他原谅，说：“您为什么不早告诉我，您就是谢赫扎尔国王？如果他们告诉我他们是您的朋友，我决不会动他们一个指头的。收我做您的朋友吧，我这就去拿做饭用的东西，我来做饭，大家一块儿吃。”

苦行僧是一个魔王，他变成人的模样就是为了寻找谢赫扎尔国王。这会儿，他打开一个小魔盒，转眼间地上堆满了大米、酥油、辣椒、作料以及做饭所需要的一切。在几个朋友的帮助下，饭很快做好了。他们吃饱了肚子，原地休息了一夜。第二天，谢赫扎尔国王带着几个朋友一道又继续往前走。

一天，他们来到一个王国。碰巧这个国王的儿子病逝，国王下令：“从现在起，谁最早进入这个城市，就由他负责埋葬王子的尸体。”

傍晚时，谢赫扎尔等七个人进入这个城市。他们是王子死后进来的第一批人，士兵把他们带到国王面前。按照国王的命令，他们只得去墓地埋葬王子的尸体。可是到达墓地时天已经黑了，伸手不见五指，什么也看不见，埋葬王子之事只好到明日再说。晚上他们就地休息，谢赫扎尔安排铁匠先站岗，自己和其他人就地睡了。过了一会儿，一个僧人走了过来，他拿出一把笛子吹了起来。笛声一响，王子的嘴里开始往外流水，接着钻出一条蛇来。在笛声的伴奏下，蛇在地上摇摆起来了。死去的王子一边口念“真主保佑”，一边慢慢地坐了起来，王子复活了。铁匠看到这里，举起剑砍死了蛇。然后，他叫醒了飞毛腿起来站岗，他和王子则躺下睡觉。

飞毛腿刚刚站了一会儿，看见从天上下来一群仙女。她们席地而坐，铺上棋盘下起棋来。飞毛腿瞅准机会，杀死了她们，把棋盘藏在自己的裤子里。接着，他叫醒苦行僧站岗，自己去睡觉了。

苦行僧刚站了一会儿，来了一个女妖，她正在吃一个死人的心脏。苦行僧悄悄来到她的身后，趁她不防，一脚把她踢倒在地，从此她再也爬不起来了。这时他站岗的时间已到，于是他叫醒了谢赫扎尔，自己去睡觉了。

谢赫扎尔国王刚站了一会儿，整个墓地响起一阵尖叫声。谢赫扎尔手里拿着剑顺着叫声走去，原来是一群小孩子在叫喊。谢赫扎尔问孩子们怎么回事，一个小男孩说：“一会儿有个七头魔鬼就要来了，他要吃掉我们中间最胖的一个。看在真主的分上，救救我们吧。”

男孩的话音刚落，七头魔鬼就来到眼前。谢赫扎尔国王挥剑迎了上去，砍掉了魔鬼的七个头，还把魔鬼的尾巴和耳朵割了下来，装进兜里就去睡觉了。

清晨，谢赫扎尔和伙伴们带着王子去见国王。来到宫殿前，他安排王子站在殿外，他们几个人先走了进去。谢赫扎尔对国王说：“如果我们能把你的儿子活着送回来，你赏给我们什么？”

国王说：“如果你们能把我的儿子活着送回来，我送你们半壁江山，把女儿嫁给你们中的一位。”

谢赫扎尔立即把王子叫了进来。国王见到儿子活着回来了，高兴得忘了一切。但是他没有忘记自己的诺言，他不仅把半壁江山给了他们，而且同意把女儿嫁给他们中的一个人。谢赫扎尔让神射手留下来和公主结婚，放牧人留下来陪伴他们。临分手时，他把自己的匕首作为信物送给了他们，说道：“如果匕首发黑了，我便遇到了麻烦。”说完，他带着其他人继续往前走去。

一天，他们几个人来到另外一座城市。听说这座城市有一个可怕的魔鬼，国王每天都得送给魔鬼一车米、一头小牛、一个人和许多水。国王发出公告：谁杀死魔鬼，就送半壁江山给他，并且把公主嫁给他。

他们在这座城里住了下来。一天晚上，飞毛腿刚做好饭，魔鬼就骑着一只猫来了。它把飞毛腿用绳子捆绑起来，把做好的饭全部吃了，然后给飞毛腿解开绑绳，掉头走了出去。第二天晚上，他们几个谁也不愿做饭，就连苦行僧也摇头不干。无奈，谢赫扎尔只好亲自做。他刚把饭做好，就听见一阵铃铛的响声。谢赫扎尔吃惊地顺着声音的方向看去，那个魔鬼又来了，它正在掀锅盖。

“你是谁?”谢赫扎尔突然问道。

“我是一个可怕的魔鬼,别惹我,我不想杀像你这样健壮的年轻人。”魔鬼说。

谢赫扎尔怒目圆睁,说:“但是,我想把你这样丑恶的东西灭掉。”

魔鬼听了,火冒三丈,便扑向谢赫扎尔。谢赫扎尔是一个十分优秀的格斗手,他与魔鬼交锋了几个回合,就把魔鬼杀死了。他割下了魔鬼的耳朵和尾巴,拿着这些东西前来见国王。国王说话算数,把一半江山和女儿都交给了谢赫扎尔。谢赫扎尔把国王的一半江山给了飞毛腿,还让他娶公主为妻,留下挖井人来陪他们,自己带领着其余的人继续赶路。临走时,他交给了飞毛腿一把刀,并说:“如果刀生锈了,就说明我出事了。”

一天,他们要穿过一座森林。这个林子里有一个可怕的女妖,就连猛虎都被她吓跑了。林子里还有一个叫作谢赫米尔的大力士,他不知从哪个城里抢来一个公主。大力士养着一些水牛和一条狗,狗保护着他不受女妖的伤害。

当谢赫扎尔和铁匠还有苦行僧三人来到大力士门前时,大力士出去放牛了。谢赫扎尔敲开门,对公主说:“看在真主的份儿上,请赐给我们过路人一些吃的吧,我们都快饿死啦。”公主送给他们吃的,对谢赫扎尔说:“你们拿着饼快走吧,等谢赫米尔回来,那就糟了。他的狗能在十二里以外的地方闻出人的气味,它能把人咬死。”

谢赫扎尔接过公主手中的面饼，他猜想，这位公主一定是被抢来的，可怜的她在这里肯定受尽了折磨。谢赫扎尔不禁动了恻隐之心，他对伙伴们说：“我一定要把公主解救出来。”铁匠和苦行僧同意他的想法，他们商量了一会儿，然后三个人一起爬上树藏了起来。

傍晚时，谢赫米尔带着东西回来了。他的狗在老远就狂吠起来，谢赫米尔拿着矛枪紧跟在狗的后边。狗闻着气味追到谢赫扎尔和他的伙伴们藏身的树下，它想爬上去，但是，几次都滑了下来。躲在树上的谢赫扎尔及伙伴们吓得浑身发抖。这时，谢赫米尔拿着矛枪走了过来。谢赫扎尔把包袱扔向谢赫米尔，狗以为是树上的人摔下来了，就蹿上去抓住谢赫米尔乱撕一通，抓破了他的肚子。看到这里，谢赫扎尔跳下树，一剑结束了狗的性命。

夜深了，谢赫扎尔和他的伙伴们打算就在树上过夜。他们还没合上眼，就看见一个十分可怕的女妖往树上爬。谢赫扎尔挥舞长矛枪用力刺去，但是没有刺中。女妖从树上掉了下来，她不甘心就此罢休，开始刨挖树根。树根挖断了，大树倒下来砸在她身上，她被压死了。谢赫扎尔他们在大树快倒的一刹那跳了下来。他们割下女妖的耳朵和尾巴，去找公主。

谢赫扎尔见到公主，对她讲述了刚才发生的一切。公主说：“我是一个国王的女儿，被谢赫米尔这个混蛋抢到这里。现在好了,我自由了。”

谢赫扎尔带着公主和他的两个伙伴来到公主的国家。国王高兴极了,为了庆贺与失散的女儿重逢,他举行了盛大的宴会,并当即宣布把公主交给谢赫扎尔。但是,谢赫扎尔让公主和铁匠结婚,同样,又送给铁匠一枚戒指,说戒指要是变黑了,他就有生命危险。然后,他带着苦行僧走了。

他们俩翻山越岭,最后来到一片空旷的荒地。荒地的不远处有一座古城,古城的围墙十分坚固,门是铁做的,足有一百门[①]重。这扇门早晚自动开关。

谢赫扎尔让苦行僧待在外边,自己进了城。城里的景象真是奇怪极了。食品店里摆着糖果和甜食;花店里鲜花盛开;布店里有一排排高档布料……但是,整个城里竟见不着一个人。

就在谢赫扎尔纳闷儿时,眼前出现了一个金碧辉煌的宫殿,他走了进去,看见一张带顶帐的金床,上面躺着一位美丽的公主。宫殿门上贴着一张咒语。原来这个公主被魔鬼使用法术禁闭在这里,每当魔鬼口念法术,朝公主脸上吹去,公主就苏醒过来。他出去时,又口念法术让公主昏睡。谢赫扎尔也念了咒语,朝公主脸上一吹,公主睁开了眼睛。

公主的美貌打开了谢赫扎尔的心扉,他对公主产生了爱慕之

---

① 一门相当于40公斤。

情。公主跟他说话时,也面带羞涩。傍晚,公主对谢赫扎尔说:“魔鬼快来了,你快点藏起来。”谢赫扎尔安慰她说:“你不要害怕,真主会帮助我们的,他伤不了我们一根汗毛。”

魔鬼就要回来了,公主把谢赫扎尔藏在箱子里,自己装着睡着的样子。魔鬼回来后唤醒公主,突然又尖叫起来:“人味,人味……”开始,公主吓得不敢说话,后来她壮着胆子说:“这里只有我是人,想吃就吃吧!”

魔鬼听了哈哈大笑起来。公主娇媚地说:“你一直信任我,今天不但怀疑我,还对我这么凶。”

魔鬼向公主表示歉意,公主反而大哭起来。魔鬼见此,伸出胳臂搂着公主安慰她,但是公主泪流满面地说:“在这样荒凉的地方,除了你我还有什么亲人?父母、兄弟姐妹都无法联系,你每天早出晚归,家里就剩下我一个人,我真有些害怕哪天你有个三长两短,我可怎么办呢?”

愚蠢的魔鬼被公主的一番话打动了,他满怀深情地对公主说:“我的宝贝,你不用害怕,我的命根在一只鹦鹉身上。找到这只鹦鹉可不容易,它被囚在离这儿一百里之外的一口井里,井盖上压着一百门重的大麻袋。鹦鹉被关在井里的一个笼子里,只要鹦鹉不死,任何人都别想伤害我。不过能打死我的,只有谢赫扎尔国王,除了他,谁也不是我的对手。”

魔鬼说的这番话被藏在箱子里的谢赫扎尔听见了。他要立即去找鹦鹉。

经过长途跋涉,谢赫扎尔终于来到了那口藏鹦鹉的井边。他使足劲儿搬掉了麻袋,然后下到井里,取出关鹦鹉的笼子。

魔鬼知道鹦鹉笼子被人拿走了,自己的生命已经被控制在一个人的手心里,赶紧跑回来。与此同时,谢赫扎尔也赶了回来。谢赫扎尔首先拧断鹦鹉的一条腿,魔鬼跌跌撞撞地朝他扑来,谢赫扎尔又拧断鹦鹉的另一条腿,魔鬼嘭的一声摔倒在地。但是,魔鬼的身子还能往前爬。谢赫扎尔拧断鹦鹉的脖子,彻底结束了魔鬼的生命。

谢赫扎尔让苦行僧到外边站岗,苦行僧抱歉地说:“我是魔鬼之王,每六个月睡一次觉,现在又到我睡觉的时候了。不过,你不必害怕,把这两个钉子拿好,如果你遇到什么麻烦,就把这两个钉子插进我的鼻子里,我立即就会醒来。但是插好了钉子以后,你要站远点儿。因为我苏醒时都要打喷嚏,两个钉子如果落到人身上,人就会立即死去。”

说完,苦行僧就进入六个月的睡眠期,谢赫扎尔和公主过着幸福的生活。距离这个城不远还有一个城市,城里的国王早就知道公主的美貌,他一直想娶这位公主。公主被魔鬼抢走之后,他只好认输。现在他听说公主被人解救出来了,欲望使他想出一个毒辣的阴谋。

他派一个老太婆到公主家。老太婆十分狡诈,她在公主面前花言巧语，说得公主对她有了好感。一天，她对公主说："公主，你问没问过你的丈夫，他生命的根在哪里？"

公主笑着说："他生命的根在他自己的身体里，这还能在哪里？"

"傻了吧，"老太婆说，"你不知道，大力士生命的根都藏在什么东西里。如果他爱你，就不应该对你保密。"

公主听信了老太婆的话。她披散着头发，穿着黑衣，仰面躺在床上。谢赫扎尔从外边回来，看公主这副样子十分惊讶，问道："你干吗要把自己弄成这个样子？"

"如果你真的爱我，就告诉我，你生命的根藏在什么东西里？"

谢赫扎尔明白，她一定是听信了老太婆的谗言。他安慰公主说："公主，如果我们的爱是真实的，什么人也不能伤害你的一根汗毛。别听那个老太婆的挑唆，不过为了你高兴，我告诉你，我生命的根藏在这把剑里。"

一天，公主不小心在老太婆面前说出了这个秘密。从此，老太婆开始往一间房里堆放干牛粪，没过多久，房间里就堆满了牛粪。一天，谢赫扎尔和公主在睡觉，老太婆悄悄拿下谢赫扎尔的剑，扔进盛满牛粪的房间里，然后放了一把火。正在睡觉的谢赫扎尔突然感到难受，一声没吭就死了过去。这一切，睡在外边的苦行僧都不知道。

老太婆把公主强拉到船上带到自己的国家，并把公主交给了那个国王。国王赏给老太婆许多财物,然后打发她走了。

这个国王向公主求婚,公主说:“我们那儿的习俗是,妻子得为死去的丈夫祭奠一年。你至少应该给我六个月的时间,之后,我同你结婚。”这个国王觉得公主的话有理,便同意了她的条件。

神射手留下来与公主结婚已有一年之久,他把半壁江山管理得井井有条。一天,他突然发现谢赫扎尔留给他的那把匕首变黑了,知道一定是谢赫扎尔遇难了。于是,他去找飞毛腿。飞毛腿打开箱子,发现谢赫扎尔留给他的刀也发黑了。他们两人又一块去找铁匠。铁匠拿出谢赫扎尔送给他的戒指,戒指的颜色像煤炭一样黑。三人十分紧张,立即出发去帮助谢赫扎尔。他们终于找到谢赫扎尔,却看到谢赫扎尔和苦行僧都在睡觉。他们竭力要叫醒谢赫扎尔,但是他一点反应也没有。铁匠想起剑是谢赫扎尔的命根子一事,便发疯似的在整个宫殿里寻找,最后他在一堆灰里找到了已经变黑的剑。他使劲地擦,当一面擦亮时,谢赫扎尔翻了一下身,另一面也擦亮时,谢赫扎尔竟坐了起来。他对朋友们述说了所发生的事情。铁匠说:“你无意中说出了自己的秘密,才酿成了这个大祸。现在把苦行僧叫醒,我们去找公主。”他们在苦行僧的鼻子里塞上两个钉子,苦行僧醒了过来。苦行僧知道了发生的一切,他让其他人等着,自己去找公主。

苦行僧来到囚禁公主的国家,手拿讨饭钵挨家挨户乞讨施舍。一天,公主听到了他的声音,走了出来,兴奋地问:“你怎么来了?”

苦行僧说:“我是来救你的。你对国王说,你同意结婚。结婚之日,当所有的亲戚朋友都来了,我就把整个宫殿举起来送给谢赫扎尔。”

公主按照苦行僧说的去做了。这个国王见公主同意结婚,高兴得心花怒放。他在宫殿里举行盛大的婚礼,来了很多人贺喜。国王还请来很多歌舞伎,以歌舞庆祝自己的婚礼。这时苦行僧把整个宫殿举起来送到谢赫扎尔面前。

国王听说自己的宫殿连同所有的人都不见了,立即失去了知觉,没出几日就死了。

谢赫扎尔看到自己心爱的人安然无恙地回来了,非常兴奋。他把宫殿和所有的人交给苦行僧,然后带着公主踏上归程。路上,他把其他几位朋友一一送回自己的国家。

谢赫扎尔家里的妻子,在焦急的期盼中早已去世。父母亲看到儿子归来,高兴极了,他们举行盛大的欢庆活动,并打开国库施舍穷人。从此,谢赫扎尔和公主过着幸福美满的生活。

不守信用的拉鲁

一座海岛上住着兄弟俩，哥哥叫卡鲁，弟弟叫拉鲁。他们的父母早已过世，兄弟俩相依为命，卡鲁下海捕鱼，拉鲁下地种地，日子过得倒也自在。

每次卡鲁捕鱼回来，拉鲁就挑最好的鱼做着吃。兄弟俩一块吃饭，每当这时，卡鲁总讲大海的故事给拉鲁听。有一次，卡鲁说："大海就像陆地一样，美极了，海中不仅有鱼而且还有珍珠。打捞珍珠的人潜入深海，把珍珠捞上来卖给商人，挣钱多，我也想学潜水捞珍珠，将来挣更多的钱。"

拉鲁听卡鲁这么一说，他也心动了，当即就说："哥哥，下次出海带上我，我也想看看大海。"

卡鲁不想带拉鲁出海捕鱼，一直支支吾吾不说可否。有一天，拉鲁非要跟着去出海，于是，卡鲁说："今天我要下地干活，你自己拿着网去打鱼，去看看大海。但是，小心别把东西丢了。渔网很贵，没了网我就打不了鱼啦。"

拉鲁拎着渔网朝海边走去。到了海上，他先撒出渔网，过了一会儿开始收网，结果一条鱼也没捕着。他又撒出第二网，收网一看，还是没有一条鱼上网。一连撒了几网，都是空网。

他想，我再撒最后一次，如果还没有鱼，我就回家。他使足力气把网朝海面抛去，也许是因为没有经验，他没抓住网，渔网从他的手中脱落，眼看着渔网漂入大海。拉鲁十分沮丧，没了渔网他不敢回家，怕哥哥打他。

傍晚时分，拉鲁没敢回家。不见弟弟回来，卡鲁不免有点担心。他来到海边，看见拉鲁坐在那里发呆，便走上前问道："你打的鱼在哪儿？给我看看。"

拉鲁哭丧着脸说："鱼根本就不上网。"

"渔网呢，给我看看，鱼怎么就不上网？"卡鲁说。

"但是……网掉进海里了。"拉鲁哭着说。

卡鲁十分生气，他对拉鲁说："不把网找回来，就别回家！"

拉鲁坐在海边，他盼望着海浪能把渔网冲上岸来。他等啊等，潮起潮落，十天的时间过去了，渔网的影子也没看到。他在心里默默地祈祷着：哎！大海，鱼的主人，我不要珍珠，只要哥哥的渔网。一天，就在他紧闭双眼默默祈祷时，他感到有一只大手放在自己的肩上，拉鲁睁开眼睛一看，面前站着一位白胡子老人。老人拍着拉鲁的肩膀，慈祥地对拉鲁说："小兄弟，等是等不到渔网的，别伤心，渔网会找到的，但是，你必须照我说的去做。"

话音一落，老人就不见了。过了一会儿，老人又回来了，他手里拿着一捆芦苇草，坐在拉鲁的身边编起筐来。筐编好了，他让拉鲁坐在筐里，对他说："拉鲁，我是海浪之神，对海了如指掌。我把你放进大海里，你不要害怕，这个筐子会把你安全地带到海王那儿。见到海王，你跟他要你的渔网，他会给你的。"

拉鲁闭上眼睛，坐进筐里，筐子送他进入海底。等他睁开眼睛时，他已来到一座金碧辉煌的宫殿前。霎时间，海王的卫兵把他紧紧围住，过了一会儿，来了一个小头目，小头目带他来到海王面前。拉鲁拱手拜了海王，海王待他十分友善，下令道："人类是我们的尊贵客人，安排他住在宫里，要热情招待！"

海王有一个女儿，她叫洁尔·布雷。她安排拉鲁住在自己隔壁的房间，整天陪着他，跟他一起玩儿，一起逛花园，一起跳舞。海王也十分喜欢拉鲁，想办法使他高兴。有一天，海王跟拉鲁说，要把女儿嫁给他做妻子。拉鲁早就喜欢上了洁尔·布雷，立刻欣然接受。

拉鲁与洁尔·布雷结婚后，生活无忧无虑，他早已忘记了自己为什么而来，忘记了走时跟哥哥说的话。时间过得真快，一晃三年过去了。一天夜里，他梦里见到了那位白胡子老人，老人对他说："拉鲁，你只顾尽情地享乐，竟然把向哥哥许下的诺言都忘记了，快回家去，把渔网还给哥哥！"梦中老人的话提醒了拉鲁。梦做到这里他猛地坐了起来，洁尔·布雷忙问他出了什么事。他把自己的经历说给她听，然后着急地说：“找不到渔网我就不能回家了。”

洁尔·布雷把拉鲁的心事说给海王听。海王下令海里的虾兵蟹将全部出动，为女婿找回渔网。没费多大工夫，拉鲁的渔网就被找了回来。

拉鲁要把找回的渔网给哥哥送回去，临走时海王送给他许多珠宝和金海螺，又对他说：“替我把这些礼物送给你哥哥，记住，渔网还给你哥哥就赶快回来，这边还有我和你妻子在等着你呢。”嘱咐完了，海王命令海龟把他送到海岸。

拉鲁带着渔网回到家，把网和海王的礼物交给卡鲁。卡鲁一看除了渔网，还有许多珠宝和金海螺，高兴极了。拉鲁又和哥哥住在一起，竟忘了海底的妻子在家里等着他呢。春去秋来，一晃过去了半年，一天，他来到海岸观景，看见洁尔·布雷面带微笑地站在岸边。布雷怀里还抱着一个可爱的婴儿，她迎上前，对他说：“拉鲁，你太不守信用了，让我们等得好苦啊！瞧，我怀里的婴儿是你的孩子，他是陆地和海洋的儿子。我们是第一次离开大海来到陆地，你在海边的沙滩上为我们盖一座小房子，我和儿子住在里边，没有我的允许，你不得迈进房子一步，一定要记住！否则你将会后悔一辈子。这都是你不守信用造成的，如果你这回能经受住考验，我们全家人还有机会生活在一起。”

拉鲁保证一定信守诺言，他住在距离小房子很远的一间房子里，洁尔·布雷每天出来同他会面一次。一天，洁尔·布雷没有出来，拉鲁十分焦急，他太想见洁尔·布雷和孩子了，便忍不住贸然闯进小房子里。洁尔·布雷见拉鲁进来，骤然火冒三丈，大叫了起来。拉鲁转身一看，洁尔·布雷已经变成一个丑陋、可怕的妖怪，一时间吓得拉鲁浑身颤抖，不知所措。

洁尔·布雷愤怒地斥责拉鲁，说："快出去，像你这样的人太不守信用了，你欺骗了自己的兄弟，他至今也没有原谅你的过错，我也永远不会原谅你，现在我再也不可能跟你一起生活了，我要回家了！"

话音刚落，只见她抱着孩子跳入大海。拉鲁只能怔怔地看着瞬间发生的一切。

雷电的由来

有一个大国的国王，他统治的国家疆土辽阔，军队所向无敌。国王只有一个女儿，她是国王的掌上明珠，国王十分宠爱她，只要她要什么，国王都会满口答应。国王还为她修建了一座漂亮的花园。它仿佛是天堂里的花园，园中不仅长着奇花异草，而且各种各样的水果缀满了枝头。为了让女儿更加高兴，国王还在花园内修了秋千，秋千的座椅上镶嵌了各种珍贵的宝石，吊绳是用黄金打造成的。每当太阳落山时，公主就跟伙伴们一起来到花园荡秋千。但是，每当她坐上秋千，天就下起小雨，这让她极为扫兴。

有一天，公主刚刚坐上秋千，天又下起雨来了。公主不悦地说："又下雨了，老天，让雨快点停住，等到晚上十二点再下吧！"她的话音刚落，雨果然停住了。公主高兴极了，她痛痛快快地荡了一次秋千。

半夜十二点时，公主已经进入梦乡，突然门被砰的一声打开了，公主惊恐地坐了起来，只见在屋子正中站着一位英俊的小伙子。公主认为自己是在做梦,她用手指掐了自己一下,发现这一切都是真的。她大叫一声,随即问道:“你是谁?为何深夜闯入我的闺房?”

小伙子微笑着说:“你忘了,是你叫我夜里十二点来的。我是雨神王子,我走到哪儿,哪儿就会下雨。从你第一天荡秋千起,我就喜欢上你了,每当你到花园荡秋千,我就会出来看,所以也带来了雨。今天白天你告诉我夜里十二点来,这我才走了,把雨也带走了。”

公主听完雨神王子的话,心中非常欢喜。她请王子坐在自己身边,两人亲亲密密叙谈了一夜。临离别时,雨神王子对公主说:“我每天夜里十二点来。”从此,他每天深夜十二点来与公主约会。

过了一段日子,雨神王子对公主说:“我们总这样偷偷摸摸地约会也不是回事儿,我们结婚吧,这样就可以永远在一起了。”

公主说:“你要是想娶我,必须征得我父王的同意。父王为我择婿立下了几个条件,符合条件者方可与我成婚。”

“哪些条件?”雨神王子问。

公主说:“第一,和我结婚的人必须是王子;第二,向我求婚的王子要在皇宫前举行比武,获胜者才可和我成婚;第三,在各国王子们参加的马术比赛中的优胜者可和我成婚。”

择婿比赛的日子终于到了,雨神王子和众王子站在一起,他不仅人长得英俊,他的坐骑也格外显眼。国王看见雨神王子,心里也在琢磨:但愿这位王子能成为我的女婿。马术比赛场上,雨神王子和他的神马表现突出,获得胜利;比武场上,雨神王子技压群雄,取得第一。国王信守诺言,为公主和雨神王子举行了隆重的婚礼。不久,国王去世,公主和雨神王子掌管国家大事。

雨神王子自从与公主结婚,就再没有回过自己的家。他的母亲盼儿心切,派女神外出打探雨神王子的下落,并吩咐女神一旦查明就带他赶快回来。女神接了旨令来到公主的国家,她穿着朝觐者的服装来到皇宫门前,对侍卫说:"我刚刚朝觐回来,带来了一些圣人的遗物,要献给公主。"得到允许,女神进宫见到公主。她花言巧语,说服了公主让她住在皇宫里,每日给公主讲些有趣的故事,讨得公主欢心。

一天,女神问公主:"您知道您丈夫是哪里人?他叫什么?属于哪一种姓?"

公主说:"这些我全不知道。"

"公主呀,"女神接着说,"您应该小心点儿,男人跟女人一旦玩腻了,他就会抛弃你,到时候您到哪儿去找他?所以,您现在最好问清楚他的姓名和老家的住址。"

公主听了女神的这番话,便来到雨神王子面前,说:"夫君,你要向我发誓,我问你什么,你要如实回答。"

"我发誓。你想问些什么呢?"雨神王子问。

"我想问你从哪儿来,叫什么名字。"公主说。

“我曾经告诉你，我是雨神王子。你以前从来没有问过我这样的问题，快告诉我，是谁让你来问的？”雨神王子说。

公主把女神的话重复了一遍，雨神王子马上明白这是母亲派来的人。他对公主说：“我的好公主，我想你不问这些，对你我都有好处。否则，你会后悔莫及的。”

但是，公主执意要问。雨神王子一看不说是不行了，于是，他对公主说：“你给我在宫里修一个池子，里面灌满牛奶，到时候我什么都告诉你。”

池子很快修好了，并且灌满了鲜牛奶。雨神王子穿着华丽的衣服站在池中间说：“我的好公主，我告诉你，我是仙女国的王子，名字叫迈克·拉迦。现在我的母亲在掌管国事，她想召我回去，于是派女神装扮成朝觐者来欺骗你，你上了她的当。我一再劝你别问这些，你就是不听。现在，我把秘密都说了出来，从现在起我们就得分开。今后，除非你穿上铁鞋，拄上铁拐杖在森林中苦苦找我，等到铁鞋和铁拐杖磨平时，我们才能重逢。好了，再见。”话音一落，雨神王子就消失在奶池里。

公主眼见着雨神王子不见了，她一声又一声地喊叫：“王子！王子！”公主一个箭步冲到奶池前，但是，雨神王子的踪迹全然消失。公主叫用人把奶池里的牛奶全部放掉，结果还是不见王子的踪影，只在池底找到王子戴的一枚戒指。

公主非常痛苦，想起王子临走时说的话，她把戒指戴在手上，穿上铁鞋，拄着铁拐杖去寻找王子。有一天，她走进一片森林里，口渴难忍，便来到井边找水喝。只见许多女孩正忙着从井里打水，她走上前向她们要口水喝，但是女孩们抱起水罐拔腿就跑。她抓住一个女孩的手，反遭女孩的斥责："你疯了，我们的王子热得浑身直冒火，我们打水为他降温，哪有工夫打水给你喝，要喝水自己想办法吧。"

"好姐姐，你们的王子怎么样了？"公主问。

"他去了一个国家，回来后全身就如火烧一般滚烫。"女孩说。

公主全明白了，这位王子肯定是自己的丈夫。公主忙哀求道："姐姐，求你给我一口水喝，然后我跟你们一块儿打水。"喝了一口水，润了润嗓子，她就跟着女孩们一起打水，趁女孩们不注意她把戒指扔进水罐里。

这时，雨神王子全身热得直冒火，他痛苦地连连大声叫喊："请看在真主的分上，快往我身上泼水。"女孩们加快速度，但雨神王子身上的炙热仍没有丝毫减轻。这时，一个女孩把一罐水泼向雨神王子，一枚戒指也随水落在雨神王子的身上，这就是公主丢进水罐里的那枚戒指。它一接触到雨神王子的身体，他的体温立即降了下来。雨神王子把戒指拿在手中反复观看，认出这是自己留给公主的戒指。雨神王子急忙来到井旁，见到了公主。夫妻两人再次见面，喜悦的心情无法言表。

雨神王子把公主带到母亲面前，对母亲说："是她救了我，是她让我摆脱了炙热的煎熬。您收她做女儿吧，千万别难为她。”

皇后猜出，面前的这个女子就是和王子结婚的凡间女子，因此，她表面上对公主热情关照，心里却十分恨她。皇后动不动就找公主的麻烦，想方设法找一些事刁难她。一天，皇后让人把几千斤重的小麦抬到公主面前，撒到地上，要公主一粒一粒捡起来，否则，就别想吃饭。

对公主来说，捡干净这么多的小麦是不可能的，无奈，她只好坐在那儿一边捡一边哭。碰巧王子打那儿路过，看到这一幕，他大吃一惊，告诉公主不要捡了。只见他一招呼，一群小鸟儿飞了过来，在小鸟儿的帮助下，一会儿工夫小麦就被捡完了。皇后见公主捡完麦子，心里明白是王子帮的忙。

皇后见一计不行，便又生一计。皇后的妹妹有一个女儿，名叫“雷电”，与王子从小就定了亲。皇后一直想让王子同她完婚，可是由于公主的原因，王子怎么也不答应。皇后想，只有赶走公主，才能让王子同意与雷电结婚。一天，皇后交给公主一封信，让她把信送给雷电的母亲。公主不认识雷电，更不知道她住在哪儿，她拿着信急得直哭。这时王子来了，他拿过信一看，原来信上写道：“她就是勾引王子跟她结婚的那个女子，你留她住一个月，狠狠地折磨她，她忍受不了就会回到自己的国家去，之后王子和雷电就可以结为夫妻。”王子看到这里十分气愤，他把信撕得粉碎，然后，又写了一封信，信的内容是：“这个女孩是我们的客人，好好款待她，让她在你那里住一个月。”王子写完信，交给公主并对她说：“离这儿不远有一家裁缝店，那个裁缝正在为雷电赶制一件衣服，缝衣服的丝线用完了，没有办法他只好用自己的胡须缝。你把这些丝线送给他，让他把你送到雷电家。”

公主按照王子的嘱咐，拿着丝线来到裁缝店，把丝线交给裁缝，并让他把自己送到了雷电家。雷电和母亲见了信，对公主盛情款待，热情照顾。一个月很快过去了，临走时，雷电和母亲送给公主很多礼物。

公主回来后，皇后看到公主身体调养得很好，感到十分吃惊，她猜测一定又是自己的儿子在暗地里捣鬼。不过，皇后什么也没说。过了些日子，皇后决定让王子和雷电结婚。办喜事的那一天，皇后让公主随迎亲队伍前去，并给她全身和手腕上挂满闪闪发亮的明矾灯。明矾灯发出炙热的光，烤得公主十分难受。王子眼看着自己心爱的人在受折磨，心里十分难受，但他不敢违背皇后的旨意，只能唉声叹气。走着走着，公主实在无法忍受，便对王子说：“在我救你之前，你受炙热的煎熬，今天，却轮到我了。你快下雨吧，否则我会被烧死。”

“看到你在受折磨，我心里也不好受。快过来，公主，你把头放在我的马镫上。”王子说。

公主快步走到王子身边，把头放在马镫上。顿时，王子和公主像两朵云彩腾空而起，直上云霄。雷电看到王子把公主带到天空，恼羞成怒，立即变成雷电追了过去，但是，王子和公主早已远去。

从此，每当阴云密布或下雨时，雷电总是紧追其后，打着闪，穷追不舍，实在追不上，就沮丧地大吼一声冲向大地。妒忌心使她常常电闪雷鸣，游荡于各地。

佰噶丽奇花

从前，有一个名叫金·马卢克的国王。国王有五个儿子，除了小儿子达吉·马卢克远在他乡外，其余四个儿子都在他身边。

国王从没有见过小儿子达吉·马卢克，因为占星家曾警告过他："你永远不要见你的第五个儿子，如果见了，你就会双目失明。"国王非常害怕，因此达吉·马卢克刚一生下来，国王就派人把他送到另一座城里。

时光流逝，转眼间过去了十几年。一天，国王出城打猎，碰巧达吉·马卢克也出来打猎。两人打了个照面，相互看了一眼。达吉·马卢克走了过去，国王却手捂着眼睛叫了起来："我的眼睛！我的眼睛！"他失明了。

全城笼罩在一片悲哀之中，人们为国王的失明伤心落泪。他们请来许多医术高明的郎中，可是都不能使国王重见光明。

国王其余的四个儿子与达吉·马卢克并非一母所生。他们对国王说："都是达吉使您遭受如此大的痛苦，把他驱逐出境吧！"

国王果然把小儿子赶了出去。

这个国家有一位造诣极深的长者。他听说国王失明便来到皇宫，对国王说："离这儿很远的地方有一个仙女国，那里有一名叫作菇尔·伯噶丽的公主。她的宫殿里长着一种奇特的花，只要把它放在国王的眼睛上，国王就会重见光明。"

达吉的哥哥们听到这个消息，立即带着一队人马出发找那种奇花去了。

达吉正在树林里打猎，看见一队人马走了过来。他上前问一个士兵，知道了内情，当即决定与他们同去。一路上竟然没有人认出他来。

一天，这队人马来到一座城里。四个王子品行不端，整日沉浸在寻花问柳、酗酒赌博之中，很快把随身带的钱财都挥霍殆尽，甚至连填饱肚子的钱都没有了。同来的仆人一个个离他们而去，再也没有人理睬他们。落到如此地步，他们哪里还有什么心思去找奇花呢？他们只好打道回府。

达吉看到他们这个样子，暗下决心：哥哥们做不了的事我来完成。他一边求真主保佑，一边继续朝前走。一天，他来到一片渺无人烟的荒野。举目看去，是一眼望不到边的戈壁滩。达吉正想坐下来休息，突然一声巨响，达吉的眼前出现一个妖怪。妖怪长着大大的牙齿，长长的耳朵。达吉当即被吓得魂飞魄散。妖怪一把提起达吉，吼道："我从昨天就没吃到东西了，太棒了，把你做成肉饼吃吧。”

达吉吓得浑身发抖，心里不断地祈祷：真主啊，来救救我吧。这时，眼前出现了一队驮着货物的骆驼。妖怪几步过去，把货物扔到一边，抓起骆驼，一个个地拧断它们的脖子，塞进嘴里大嚼起来，然后躺倒在地打起了呼噜。

达吉想利用这个好机会赶快逃走，但刚走了几步他就停住了。他想：也许妖怪对我有用，我应该让他高兴才行。

骆驼驮的货物里有红糖、黄油、面粉等等，达吉用这些东西为妖怪做了甜食。妖怪醒来看见甜食高兴极了，他一边吃着甜食一边说：“喂，人呀，你让我高兴，你做的甜食美极了。说吧，我能为你做些什么？”

达吉把自己出来的目的告诉了妖怪。妖怪说：“我有一个妹妹，她叫哈玛拉。她能很快把你送到你要去的地方。我这就给她写一封信，你带去亲自交给她。”

妖怪立即写好信交给达吉，并叫来另一个妖怪，对他说：“把这个人送到哈玛拉那里去。”

转眼间，妖怪把达吉送到了哈玛拉的宫殿里。哈玛拉看了哥哥的信，热情地招待了达吉，并对他说：“别着急，我一定把你送到伯噶丽宫里。”

她当即召来许多妖怪，命令他们都变成老鼠。话一出口，巨大的妖怪们立即变成一个个小老鼠。哈玛拉命令他们在伯噶丽的宫殿下挖一条隧道。妖怪们挖了一个通宵,终于把隧道挖好了。哈玛拉把达吉放在手心上,送他到隧道口。

达吉通过隧道来到伯噶丽的宫殿里。漆黑的夜晚伸手不见五指,但池塘里的奇花却闪烁着光芒。夜静极了,人们都在酣睡,伯噶丽仙女也睡在挂着幔帐的床上。达吉看了伯噶丽一眼,顿时被她的美貌吸引住了,他还从没见过这么漂亮的女子。

达吉蹑手蹑脚地摘了一朵奇花,然后沿着隧道跑了回来。哈玛拉向他祝贺,并给了他一根自己的头发,对他说:"需要我的时候,就把它放在火上烤一下,我就会立即赶来帮助你。"

清晨,伯噶丽睁开了眼睛,发现奇花不见了。她发疯似的在宫里宫外寻找,大大小小的妖怪和仙女帮她找,但就是不见奇花的踪影。伯噶丽不吃也不喝,整天"我的花啊,我的花啊"念叨个不停。一天,她实在无法忍受,就亲自出宫殿去找。

再说达吉带着奇花往回走,路上他暗自思忖:我为何不在其他人身上试一下花的神力呢?于是,他找到了一位乡下的瞎眼老汉。刚把奇花放在他的眼睛上,就听老汉高兴地喊了起来:"我看见了,我看见了!"花的神力得到了验证,达吉把奇花放在胸前,千祈祷万祝福。

达吉的四个哥哥也往回走,他们想:没有找到花,我们有什么脸见父亲呢?经过商量,最后他们想出了一个欺骗国王的办法:随便在什么地方摘一朵花,拿回去对父亲说是伯噶丽奇花,没有效力，这可怪不着我们。

他们在路边摘了一朵花，装腔作势地连连叫道："找到了，找到了！"这时，碰巧用伯噶丽花治好了眼睛的老汉打那儿路过。听见喊声他马上说："胡说！这花根本不是伯噶丽花，真正的伯噶丽花在一个年轻人手里。他把花放在我的眼睛上，一会儿的工夫我的眼睛就复明了。"

四个王子赶紧向老汉打听那个青年人的情况，知道是达吉，他们马上去找他，没走出去多远就碰见了达吉。他们对达吉一顿拳打脚踢，抢走了奇花，然后兴高采烈地走了。

四个王子拿着奇花回到宫里，他们把花放在国王的眼睛上，国王立即喊了起来："我看见了，我看见了！亲爱的、勇敢的儿子们，我现在什么都能看见了。"

文武大臣高兴地欢呼起来。人民举国欢庆，国王命令打开国库赈济穷人。

伯噶丽装扮成普通人一个城市一个城市地转，最后她得知有一个国王的眼睛被奇花治好了。她赶紧飞到那里，来到大殿晋见国王。她的口才博得国王的欢心，国王命她在朝廷为官。

达吉历经沧桑，吃尽苦头，终于回来了。在他不知道如何是好的时候，他想到了哈玛拉给他的那根头发。他赶忙把头发放在火上烤。瞬间，哈玛拉出现在他眼前。

达吉说："请帮我建一座与伯噶丽一样的宫殿吧。"

哈玛拉说："闭上你的眼睛。"

等达吉再睁开眼睛时，一座金碧辉煌的宫殿矗立在他面前。宫殿高耸入云，门口有重兵把守。达吉谢过哈玛拉住进宫殿里。

这座豪华宫殿建成的消息传遍四面八方，慢慢地也传到国王的耳中。国王听说，自己的国家来了一个阔佬，这个阔佬极其富有，就连施舍给穷人的都是些金银珠宝，他还用大理石为自己盖了一座宫殿。

国王同伯噶丽商量去见这位阔佬，实际上他是想去看宫殿，以便知道这个阔佬从哪儿来，想干什么。

国王能亲自光临自己的宫殿，使达吉王子高兴得合不上嘴。他热烈地欢迎国王，并摆上了国王连做梦都没梦到过的美味佳肴。宴请过后，国王又仔细观看了宫殿里的所有陈设，真是令他惊讶。

使伯噶丽感到惊讶的是，这个人的宫殿怎么会跟她的宫殿一模一样，她想宫殿的主人肯定是偷花贼。

正在这时，一个大臣认出了达吉。他对国王说："陛下，他就是达吉·马卢克王子。"

国王站起来同达吉王子拥抱，四个王子十分紧张。他们连忙说："父亲大人，他是一个魔法师，不是您的儿子。"

达吉笑了，他打开一扇门，女妖哈玛拉走了出来。她向国王致敬，然后说："这四个兄弟说谎，是我把达吉送到了伯噶丽的宫殿，伯噶丽奇花是他采来的。"

国王吃惊地问道："这是怎么回事儿?"

达吉把事情原原本本叙述了一遍，他怎么到的伯噶丽宫殿，怎么偷的花，又怎么在盲老汉眼睛上做的实验，以及四兄弟是怎么抢走他的花，都一一说给国王听。

国王泪水涟涟，他斥责四个儿子，并宣布：我百年之后，王国的江山由达吉继承。

达吉王子恭敬地站在那里，对国王说："我不想做国王，我想到伯噶丽的国家去，我在那儿还有一件重要的事要做。"突然有一个声音说："王子，你去哪儿? 我早就来了。"达吉王子顺着声音看去，原来是伯噶丽微笑着站在他的面前。

不久，达吉王子和伯噶丽举行了婚礼。从此，他们过着幸福美满的生活。

智慧老人

从前，有一个国王，他像世上所有的国王一样，喜欢游山玩水，过花天酒地的生活。有一天，他外出狩猎，保驾的不仅有文臣武将和奴仆，而且还有一支浩浩荡荡的御林军。

正值夏季，骄阳似火，热浪炙人，国王和众人个个热得汗流浃背。从宫里带来的水上午很快就喝完了，到了下午国王渴得口干舌燥，只好派奴仆们到附近去找水。可是，派出去的人一个接一个回来禀告，既没有看到水井，也没有发现泉水和池塘。国王渴得喉咙冒烟，嘴唇起泡，但就是找不到水。最后，国王说实在找不到水，找些水果也行。奴仆们又出去找，找了半天，好不容易找到一棵石榴树。他们想，口渴时吃石榴最能解渴，摘几个石榴给国王解渴吧。可是，石榴都结在树梢上，人很难摘到，奴仆们就用石头打。就在他们为摘石榴忙得不亦乐乎时，国王也赶来了。奴仆们见用石头打不下来，就抱着树摇。忽然间，传来一阵笑声，这笑声分明是在嘲笑他们的愚蠢行动。

国王向四周巡视，发现不远的地方有一个瞎老汉在笑。国王十分生气，他命令士兵立即把这个无礼的老汉抓来。

老汉被带到国王面前，国王厉声问道："岂敢这样无礼地嘲笑朕？"

老汉回答说："陛下，我在笑您的部下随从。这个季节树林里哪来的石榴？早就叫鹦鹉和松鼠吃光了。即使有也都是些腐烂干瘪的，怎能用来给陛下解渴呢？您的部下要是聪明的话，应该劝您回宫，或者到附近的村镇为您取来水。您说他们是不是愚蠢，他们的做法是不是惹人发笑？"

国王觉得老汉的话很有道理，于是把他带进宫里，并传令宰相：每月发给老汉一塞尔①玉米。从此以后，每当国王遇到困惑和难题时，就宣老人进宫，请他出谋划策。老人总是以自己的睿智和丰富的经验为国王排忧解难。

有一天，宫里来了两个首饰商人，他们带来了两颗"稀有的宝石"。看上去这两颗宝石不仅耀眼夺目，美丽非凡，而且雕刻工艺、式样以及重量都完全相同。商人对国王说："陛下，它们当中有一颗是无价之宝，而另一颗是块石头。您能来辨认一下吗？"

国王和大臣一一上前辨认，都摇头说"看不出来"。国王派人把老汉叫来，让他看看哪一块是真宝石。老汉叫商人把宝石拿出

① 一塞尔：约合 40 公斤。

来放在阳光下，然后，他用手仔细摸了一摸，最后拿起一块递给国王说：“陛下，这是块真宝石，您就放心买吧。”

首饰商人十分赏识瞎老汉的辨认能力，他们连声说：“陛下，老汉虽是个盲人，但他辨认宝石的本领却非常高超。”

国王十分吃惊，他想：视力正常的人都分辨不清，一个盲人怎么就能分辨出来？他问道：“老汉，你的眼睛看不见，可你是如何辨认出真假宝石的？”

老汉笑了笑，说：“陛下，道理很简单，石头吸热，宝石却不吸热。在阳光底下放一会儿，不就知道哪个是宝石哪个是石头了吗？”

国王十分欣赏老汉的才智，便传令：从今天起每月发给老汉两塞尔玉米。

又过了一些日子，国王把老汉叫进宫，对他说：“老汉，你有头脑，又聪明过人，现在你实实在在地告诉我，我是否是一个有头脑、心地善良和应该世袭的国王？”

老人沉思了一会儿，说：“不，不是。”

老人的回答让在场的大臣都惊呆了，他们个个缩着脑袋不敢吭声。此时的国王更是火冒三丈，他十分生气地问道：“你是如何得出这个结论的？”

老人说：“陛下，您不是世袭国王，您曾经是一个穷士兵的儿子，一步一步升为军务大臣。穷并不是坏事，升官也不是坏事，但是，您谋害了真正的国王——您的恩人之后，霸占了王位。忘恩负义、背信弃义是最大的可耻、最大的犯罪。您欺骗了自己的恩人，所以您不是心地善良的人。您也不是有头脑和有智慧的人，因为您不识好坏，对于我的能力和智慧您只奖给几塞尔玉米，而实际上我完全可做您的贴身大臣，伴随在您的左右，这样您就可以随时听我的意见。您要扪心自问：一个不能赏识他人智慧的人，又怎么能是一个有头脑和有智慧的人呢?”

老人的这番话使国王羞愧得无地自容，也没有一个大臣有勇气站出来替国王回答老人的问题。老人说完这番话，便从容地站起身来走出皇宫。

聪明的农夫

有一个憨厚的农夫带着一年挣来的钱，进城为妻子儿女买了一些首饰和布料。农夫办完事，在回家的路上，被一个骗子盯上了。骗子认定他的小包袱里有值钱的东西，一路上一直紧跟着他，脑子里盘算着如何把农夫的东西骗到手。

跟了不一会儿，骗子想出一个自认为绝妙的，甚至是万无一失的计策来。于是，他加快了脚步赶上农夫，跟农夫搭起讪来。他先是十分亲切和蔼地问农夫的名字和住处，又介绍了自己是某地一个大地主的管家，主人十分欣赏他宽宏的心怀和良好的修养……骗子天花乱坠、大言不惭地把自己吹了一通，目的是想取得农夫对他的信任。虽然骗子身上藏有蒙汗药，但是，他认为他的话就具有魔力，能使农夫迷迷糊糊地上他的当。

他们来到一棵大树下，见有一湾泉水，农夫提议坐下来休息一会儿。骗子马上同意。没过多久，骗子的花言巧语果真使农夫失去了警惕，他在阴凉的树荫下睡着了。骗子见机会来了，小心翼翼地抽出农夫头下枕着的包袱，逃之夭夭。等到可怜憨厚的农夫睁开眼睛，发现包袱和同行的人都不见了，这才知道上了当。他神情恍惚，呆呆地坐了半天，才又站起来赶路。

这件事过去了好几年。一天，这个农夫又进城办事。事情很多，他需要在城里住几天。一天，他走在路上，发现有一个人总跟在自己身后，不由得紧张起来。等那个人从后边赶上来，跟他搭讪时，他认出此人就是那回骗走自己包袱的那个人。他心里想，这次要小心点儿，不能上当。但是，没想到骗子却十分内疚地说："兄弟，人太容易犯错误了，可谁能不犯错误，不做错事呢？上次拿了你的包袱实在不好意思，几次想求你原谅，可惜没有机会。其实，我拿了你的包袱没走出几步远，就遇上一伙强盗。他们抢走你的包袱，还把我打昏，扔到了沟里。真主保佑我活到今天，使我有机会在你面前忏悔。咳，过去的事就让它过去吧。现在让我们找个地方坐一会儿，也好让我为你做点什么。"听到这里，农夫明白骗子又要耍花招了，他在心里琢磨，这回不仅不能上当，还要好好教训他一下。

农夫和骗子来到一家小客栈坐下聊了起来。农夫问道："现在，你还在那个大地主家做管家吗？"

"是的，兄弟，我的才干和德行就是我的饭碗。主人哪儿舍得让我走？"骗子恬不知耻地说。

农夫笑着说："你是在说谎吧？"

骗子大言不惭地说："说谎也是一门学问，我说谎不是为了谋财害命，或者有别的企图，而是作为一门学问来实践。我的老师说：'谎言是建立在真实之上的。'"

农夫说："既然如此，我们俩要有一个约定，即相信对方的每一句话都是真的，否则就得受罚。你同意吗？同意了我才能相信你说的话是真的。"

"我完全同意！"骗子说。

"那我们现在就开始。"农夫对骗子说，"你先说吧，你说的每一句话我都相信。"

骗子一开始就说："有一次，我走在路上，看见前边有一个骆驼商旅队，每一头骆驼的尾巴都系着一条绳子，这绳子又拴在后边骆驼的鼻子上，就这样，骆驼被一个个地连在一起。突然，一只老鹰从天而降，扑在第二头骆驼身上，它抓住骆驼腾空而起，越飞越高，其他的骆驼也被带着飞向天空。这一串骆驼越飞越高，站在地上看，就好像有人放风筝一样，一会儿工夫连骆驼的叫声都难以听见了。"说到这里，骗子看了农夫一眼，问道，"怎么，你不相信吗？"

"我怎么能不相信呢？这不都是发生过的事吗？我相信你的每一句话。"农民平静地说，"对了，后来又怎么样了呢？"

"后来，第二头骆驼突然从老鹰嘴里掉了下来，"骗子接着说，"这样，一串骆驼就嗖的一声掉了下来，最后落在一个果园里。当时，恰巧有一个美女坐在苹果树上夜莺筑的巢里梳头，她头发里散发出的香气把所有的骆驼都吸引过来。这位美女把它们一个个藏在自己的眼皮里。她的妹妹一边捣米,一边问:‘姐姐,一共有多少头骆驼?’姐姐说:‘你自己数吧。’妹妹拿起手中的木棒照着姐姐的右眼皮打了一棒,一棒下去,骆驼一个个掉了出来。她数了半天,结果有八十二头骆驼。”说到这里,骗子又问农夫,“你对其中的情节有怀疑吗?”

“这有什么可怀疑的?这样的事很正常,没有什么奇怪的。下面是不是该我说了?”农夫说。

“难道你一点儿也不怀疑?这么说,我太笨了……那下边就轮到你了。”骗子说。

“那你就听我说,我的父亲身高二十一英尺,身宽十五英尺。他做一条裹头巾需要72英尺布,他穿的鞋是用核桃木做的。他有专门的理发师,理发师为他理发按摩,按摩时脚上的油抹多了,一滴一滴往下淌。你爸爸看见了,拿来油罐,装起来回家做菜吃。你相信吧?”农夫问骗子。

“相信。你继续说吧。”骗子说。

“有一天,你父亲惹我父亲生气,我父亲用手在你父亲腰上轻轻一拍,你父亲就疼得在地上直打滚,结果他身上沾满了很多尘土。我们家的仆人往你父亲身上的尘土上撒了一些小麦种子,收割时,你父亲哭着央求我父亲说:‘求求你借给我二十捆小麦,因为今年我没有收成,你不借我粮食,我的孩子们就得饿死了。’我父亲说：‘借给你是可以的，但必须偿还。你还不了就由你儿子还，父债子还，历来如此。’你父亲拱手说：‘先生，如果我还不了，就由我儿子还。’怎么样，你相信吗？”农夫问。

“相信，相信，这有什么不相信的呢？”骗子说。

“那你什么时候还我呢？”农民站了起来，非常严肃地说，“你一定要还我二十捆小麦。”

听到这里，骗子再也没有往日的神气了，他恳求农夫宽限到麦收，到时保证把二十捆小麦送到农夫家里。

为驴剃头

这是很久以前的事了。某城有一个剃头师傅，名叫纳斯尔。他的技术精湛，常有人登门拜他为师。他自己的铺子里整天门庭若市，找他剃头的大多是王宫的钦差大臣和贵族富商。

他技术好，很快就发了财，但是，随着钱财的增加，他变得越来越贪婪，越来越傲慢了。他很不情愿为一般人剃头，穷人和乞丐来剃头，他干脆往外轰。

一天，有一个樵夫碰巧路过他的剃头铺子。樵夫牵着驴，驴背上驮着一大捆柴火。樵夫边走边吆喝："卖柴火了，卖柴火了！"

剃头师傅听见樵夫的吆喝声，出来看了一眼柴火，说："你这也叫柴火，还没芦苇秆粗，见火就没了。好吧，两个安那①肯卖的话，就卸下来。"

樵夫说："先生，您也真敢说，这足足四十斤的干柴火，您就给

① 安那：南亚国家的一种货币单位，现已不流通。

两个安那？四个安那，少一个我也不卖。”

剃头师傅不高兴地说：“那你走吧，走吧！这生意我们做不成。”

樵夫没走出多远，剃头师傅又把他叫了回来，说：“等一会儿，你先别走，你说吧，驴身上的这些柴火，你到底要多少钱？”

樵夫说：“先生，我刚说了，四个安那。”

剃头师傅说：“不要按我的两个，也不要照你的四个，咱们三个安那成交，怎么样？同意，你就把柴火给我卸下来。”

樵夫想：少一个安那就少一个吧，这样倒也省得到处去转了。于是，他把柴火卸下来放在地下。

“先生，给钱吧！”樵夫一边伸出手，一边说。

“东西还没有全部卸下来，就要钱呀！”

“先生，”樵夫说，“驴背上所有的柴火都卸下来了，还要什么？”

剃头师傅指着驴背上的木架子说：“这也是柴火啊，把它给我也卸下来。”

樵夫又惊又恼，说：“先生，您也太过分了。我只卖柴火，并没说卖木架子。”

剃头师傅瞪着眼睛说：“别瞎扯了，驴背上所有的东西都是柴火，我全部买了，当然也包括木架子。少说废话，给我卸下来！”

樵夫说：“别逗了，快给我钱，我还有事呢。”

“你不给我木架子，我就不给你钱。”剃头师傅说。

樵夫说：“先生，把柴火还给我，我不卖了。这样的生意让人不痛快，我到别处去卖。”

剃头师傅说：“已经成交，你就别想反悔，快把木架子卸下来！拿上三个安那，给我走人，再啰唆就揍你。”

樵夫气愤地大喊大叫，但是，剃头师傅根本不理他。他拿下驴背上的木架子，推推搡搡地把樵夫赶走了。

樵夫哭着来找法官，向法官讲述了事情的经过。法官经常找剃头师傅剃头，所以就袒护他。法官呵斥了樵夫一通，就把他赶了出去。

樵夫来找大臣说理。因为大臣也找剃头师傅剃头，自然还是袒护他，大臣对樵夫的话更是置若罔闻。

众人给樵夫出主意，说：“去找国王，他每星期五上朝处理民间纠纷，他会给你一个公正的评判。”

星期五到了。樵夫做完祈祷，径直来到大殿，那儿已聚集了很多人。国王认真听了每一个人的申诉，然后做出评判。轮到樵夫了，他走上前，双手合十，非常恭敬地说：“陛下，我受到一个骗子的欺侮和打劫，找法官想讨个公道，法官把我赶了出来。找大臣想说说理，大臣不理我。真主对待敌人都不这样，更何况我还是您的子民呢？”

国王说：“说吧，是谁欺侮、打劫了你？”

樵夫说:“陛下,就是这个城里最有名的剃头师傅纳斯尔。”

“纳斯尔欺侮了你?”

“是的,国王。我卖柴火给纳斯尔,驴背上所有的柴火卖给他,我要四个安那,他说给我两个安那,最后我们商定三个安那成交。”

“后来又怎么了?”国王问。

樵夫说:“我把驴背上的所有柴火卸给他,但是,他不给我钱。”

“为什么?”国王又问。

“他让我把驴背上托放柴火的木架子也给他,说那也是柴火。陛下,您说木架子能算在柴火里吗?”

“做交易的时候,你应该事先把条件讲清楚,纳斯尔钻了你没讲清楚的空子,你也可以反其道而行之嘛。”

樵夫说:“陛下,我不明白,您说我应该怎么去做?”

国王说:“我怎么说,你就怎么做。过来,到我这儿来。”

樵夫走到国王跟前,两个人嘀咕了一阵。

一个星期后,樵夫来到纳斯尔的剃头铺子。他客气地向纳斯尔问了一声“好”,然后就一声不吭地站在一边。

剃头师傅说:“你要是来拿木架子的,就给我滚。”

樵夫说:“先生,这都是过去的老账了,别提它了,我认错还不行吗?”

剃头师傅笑了笑,说:“本来嘛,就是你的不对。今天来这儿有啥事,别客气,直说好了。”

樵夫说:“先生,是这么回事儿,我得到王宫里的一份差事。他们让我把头好好收拾收拾,然后才肯让我做事。全城就数您的手艺好,听说您能把驴头剃成人头的样子。”

剃头师傅高兴地说:“那不是吹牛,全城没有不知道我的。”

樵夫一边奉承一边说:“听说您只给王公贵族和有钱人剃头,给我剃头不掉价吗?”

剃头师傅问:“你想让我给你剃头?”

樵夫哀求说:“是的,先生,跟我来的还有一个伙伴,与我一起在宫里干活。您给我们俩剃头,收多少钱?”

“我现在不给一般人剃头,今天对你例外。我们不打不成交,看你的面子收你俩四个安那。”剃头师傅说。

“行,就这么说定了。先生,先给我剃吧。”樵夫一边说,一边递给他四个安那。

剃头师傅两三下就给樵夫剃完了,接着问道:“你的伙伴在哪儿?叫他快点儿来吧。”

樵夫从铺子外边把驴牵了进来,对剃头师傅说:“它就是我的伙伴,它的皮很软,您得轻一点儿剃。”

剃头师傅原以为樵夫说的伙伴是一个人,没想到是一头驴。他一下子慌了神,急忙说:“哎,你什么时候见过给驴剃头的?想拿我开心不成?滚出去!”

樵夫说:“我们刚才讲好的,您答应给我们俩剃头,我给了您四个安那。不能说话不算数呀,请给驴剃头吧。”

“那就剃吧!”剃头师傅恶狠狠地说。话音还没落,他就随手抄起一根木棍,把樵夫打了出去。

又是一个星期五,樵夫来拜见国王,状告剃头师傅纳斯尔。国王听了樵夫的申诉,对大臣说:“传令士兵把那个剃头的带上来。”

不一会儿,剃头师傅就被带到大殿里。国王问:“你答应樵夫给他和他的伙伴剃头,是真的吗?”

“是的,陛下。”剃头师傅低着头回答。

“你为什么要反悔呢?”国王问。

剃头师傅说:“陛下,我为樵夫剃了头。”

“但是,你为什么不给他的伙伴剃呢?不是说好了剃两个头吗?”

“可是,至高无上的国王,”剃头师傅说,“我以为樵夫的伙伴是人,结果是一头驴。难道驴也能是人的伙伴吗?”

“既然木架子能算作柴火,驴为什么不可以是人的伙伴呢?我命令你明天早晨在大广场上给驴剃毛,从头到脚。这是对你的惩罚。”

这个消息不胫而走,听到的人都开怀大笑。

第二天,大广场上人山人海,挤了个水泄不通。樵夫牵来毛驴,同时士兵把剃头师傅带进广场。只见剃头师傅在一个大桶里泡好肥皂，然后把泡沫水抹在驴身上，拿起剃刀开始给驴剃毛。刚把驴头上的毛剃光，剃刀就钝了。他拿出第二把剃刀，还没剃到脖子，剃刀又钝了。就这样，他换了第三把、第四把、第五把，一直换到第十把，才把驴毛剃完。

在场的人个个笑得直不起腰，小孩子们一边拍着巴掌，一边取笑剃头师傅，羞得他抬不起头来。

从那以后，再也没有人见过剃头师傅纳斯尔，他永远地离开了这座城市。

三个小偷分金条

很早以前，有三个小偷，他们互相很要好，而且住在一起，经常早上一起出去偷东西，晚上回来大家平分。

有一回，好几天谁也没偷到东西，三个人连吃的都没有了。他们想：要是这样下去，准会饿死。

有一个小偷说："我们在这里有几天没有偷到东西了，我想该换个地方，到别的城市去试一试手气。"

另外两个觉得是这么个道理，同意了他的提议。三个人商量好了，今天无论如何也得偷点儿东西。于是，他们朝着要去的城市出发了。

他们走了很长时间，来到一片大森林，远远看见一间茅草屋，并且还有烟火。他们想，那里肯定有人居住，不妨去找一些吃的东西，顺便也歇歇脚。

他们走近茅草屋一看，原来是一位苦行僧在盘腿打坐。这时，一个小偷说："我听说一般的苦行僧都知道当地富翁的底细，我们可以找他问问。"

另一个小偷说:"是啊,苦行僧知道的事情最多。"

第三个小偷说:"那我们就去问问他,他要是能告诉我们确切的线索,那我们就要发财啦。"

他们三人说话之间来到苦行僧身边。苦行僧一看有人来,心里很高兴,心想可以得到一些施舍物。

三个小偷非常有礼貌地一一向苦行僧施礼问好。苦行僧也为他们祝福,并说:"孩子们站着干什么?快过来坐下吧!这是我苦行僧住的地方,欢迎你们的到来,我的大门对你们永远是敞开的。"

三个小偷有点拘谨地坐了下来,他们不动声色地观察着这间茅草屋,打量着这位苦行僧。

苦行僧极其客气地问道:"孩子们,你们有什么困难需要我帮忙解决吗?"

苦行僧的话确实说到了点子上,他们三个人的难处是偷不到东西,指望苦行僧能帮助他们解决困难。于是,三个小偷对苦行僧说:"您看得出来我们三个是小偷吗?"

"小偷?"苦行僧大吃一惊,他不敢相信自己的耳朵,连忙问,"小偷来找我干什么?"

三个小偷说:"我们三个真的是小偷,真倒霉,几天来,什么东西也没偷到,连下手的机会都没有,今天来是想请您帮帮我们。"

他们越讲,苦行僧越糊涂,他不知道能帮他们什么忙。苦行僧接着说:“偷窃是一种罪过。我怎么能帮你们犯罪呢?”

小偷说:“我们不要您帮我们犯罪,您只要告诉我们附近城里有哪些富翁,他们都住在哪里,这就足够了。”

苦行僧用手摸摸耳朵,说:“我是一个出家人,早已脱离尘世,哪知道谁富谁穷?”

小偷再三要求,苦行僧就是不肯说。苦行僧的态度惹怒了小偷,其中一个对另外两个说:“他不说,今天我们就偷他的好了。”

另外一个小偷说:“一个苦行僧有什么值得我们偷的?”

第三个小偷说:“你知道什么?这些苦行僧表面上穷兮兮的,实际上个个都藏金纳银,有的是钱财。”

第一个说话的小偷接过话茬儿说:“要是这样的话,我们今天就在他这儿试试手。”

小偷们越说口气越硬。于是,他们又对苦行僧说:“你今天不告诉我们富翁的住处,那就把你的钱财都拿出来。”

苦行僧见势不妙,连忙求饶说:“我一个苦行僧,住在大森林里,哪儿来的钱财呢?”

小偷们哪肯罢休?进一步威胁说:“今天,怎么也得从你这儿弄点东西走,你给还是不给,不给就要你的命!”

苦行僧战战兢兢地说:“你们不相信,那就搜好了。”

“那好,我们要搜了。”三个小偷动手把屋里翻了个乱七八糟,但是什么也没有找到。

一个小偷说:“你们不听我的,一个穷苦行僧能有什么?”

另外一个不同意,坚持说:“他撒谎,他肯定把东西藏起来了。”他转身威胁苦行僧说:“你是要钱呢,还是要命?”

苦行僧说:“你们把屋里搜了个遍,就这么个小屋,要是有,你们不早就翻出来了吗?”

小偷们看苦行僧还是不肯说,便动起了手脚。苦行僧一看不好,急忙求饶说:“求求你们别打了,我这就拿给你们。”说罢,他在屋角刨开一个洞,从里面取出一根金灿灿的金条,交给小偷。

小偷们得到金条,就离开了茅草屋。快要走出森林时,一个小偷说:“哥们儿,你们饿不饿,我的肚子饿得咕咕直叫。”

听他这么一说,另外两个也说饿得不行。于是,他们三人商定,先弄点吃的,然后再分金条。这当儿,一个小偷到附近找吃的去了,剩下的两个便起了邪念,一个跟另一个说:“我们俩把这根金条分了,你说怎么样?”

另一个说:“但是,他回来了,我们怎么跟他说呢?”

“好办,”提建议的小偷说,“等他回来,我们弄死他,金条不就归我们两人了吗?”

“那就这么办!”

过了一会儿,找东西吃的小偷回来了。另外两个小偷早有准备,等他一走近,便一起扑上去,没费多大气力就把他整死了。

这时候,一个小偷说:“把金条拿来,咱俩分。”

另一个却说："别着急，吃了饭再说。"

"行，反正金条在这儿也丢不了。"俩人同意了，便坐下来吃饭。他们刚吃了几口，就觉得不对劲，很快都头晕、恶心起来。原来，找吃的那个小偷路上起了歹心，想独吞金条，往食物里下了毒。

过了一会儿，两个小偷果然中毒致死。

三个小偷都死了，但是，金条依然在那里闪闪发光。

哈迪姆寻珠记

很久以前，有一个叫塔伊的部落，其头人有一个儿子叫哈迪姆·塔伊。哈迪姆体魄强健，为人慷慨大方，十分热心，因此，不管是富人还是穷人都称赞他。

哈迪姆有一个朋友叫穆尼尔，他爱上了一个叫芭努的公主。公主长得非常美丽，人人都说她像仙女一样妩媚动人。

有一天，芭努对穆尼尔说："我有一颗水鸟蛋大小的珍珠，如果你能再找到一颗，我就同你结婚。"

从此，穆尼尔开始寻找芭努所要的珍珠，但是，他找了很久也没找到。一天，哈迪姆来到森林里打猎，看到穆尼尔坐在林子里落泪。哈迪姆同情地问："朋友，你为什么哭呢？"

穆尼尔叹了一口气，把芭努要求他找大珍珠的事说了一遍。

哈迪姆说："朋友，别着急，我来帮助你。哪怕是下海底，我也要帮你找到大珍珠。你先回去吧，等着我的好消息，真主会保佑你的。"

哈迪姆告别了父亲，就为朋友寻找珍珠去了。一天傍晚，他走累了，坐在一棵大树下休息。这时，有两只小鸟儿飞来落在树枝上。入夜，雌鸟对雄鸟说："老公呀，我们去别的地方吧，我不愿意待在这儿过夜。"

雄鸟说："爱妻，我也不想待在这儿过夜，但是黑夜里不方便，等到天亮我们再走，好吗？"

雌鸟说："树下坐的这个人看上去有什么心事，不知道他为什么发愁。"

雄鸟说："我知道他为什么发愁，他答应为朋友找到一个水鸟蛋大小的珍珠。"

雌鸟问道："这么大的珍珠去哪儿找呀？"

雄鸟扑闪着翅膀说："离这儿很远有一条河，河边住着一只大鸟儿，它每隔三十年产两枚蛋。三十年前产下的两枚蛋，一个被国王马哈亚尔拿走了；另一个在国王谢姆斯手里，而谢姆斯把大鸟蛋作为生日礼物送给了芭努公主。现在芭努公主说谁找到另一颗珍珠，她就同他结婚。芭努说的珍珠就是大鸟蛋。"

雌鸟接着又问："要是有人向马哈亚尔要那只大鸟蛋，他会给吗？"

雄鸟说："会给的，不过马哈亚尔是有条件的，他的条件是说出大鸟蛋的来历。"

哈迪姆懂鸟语，他听见了两只小鸟儿的对话，并且牢牢记在了心里。

这时，只听雄鸟又说：“但是，到马哈亚尔的宫殿可不是一件容易的事，那条路上有妖怪、恶魔，还会遇到像龙一样大的毒蛇。”

雌鸟说：“可怜的人呀，他怎么才能到达那里呢？”

“有一个办法，”雄鸟说，“看见树下我们掉下的羽毛吗？如果他把我们的羽毛收在一起，遇到危险时拿出来贴在身上，就会有奇迹出现，不管什么妖怪、恶魔、毒蛇还是巨蟒，都奈何不了他。”

清晨，哈迪姆把树底下的小鸟羽毛全都捡了起来，藏好了，继续赶路。一路上，到处是毒蛇和恶魔，但是他毫不畏惧。遇到危险时，他就拿出羽毛贴在身上，多次化险为夷，闯过了一道又一道难关。

这一天，哈迪姆走得又累又渴，好不容易找到了一眼清泉，便急忙走了过去。接近清泉时，他发现有一条蛇盘在泉边，就想走开。他刚转身，就听蛇说：“你为什么这么快就要走呢？等一会儿好吗？”

蛇会说话，这让哈迪姆感到十分诧异，而且，蛇还告诉他跟在它后面走。

蛇把哈迪姆领进一个大花园，花园里有一个水池。来到水池边，蛇一下子钻进水池。过了一会儿，蛇竟变成一个人浮出水面。

这个人说：“我就是国王谢姆斯，过去我爱说假话，爱吵架，真主把我变成一条蛇。后来在一次祈祷中，一个声音对我说：‘当你见到一个叫哈迪姆的人时，你就会变成人。如果哈迪姆愿意为你祈祷，你将会永远留在人间。'"

哈迪姆听罢，马上为谢姆斯祈祷。哈迪姆的态度使谢姆斯备受感动，于是，他问哈迪姆："我能为你做些什么呢？"

哈迪姆叙述了自己的故事，并说："请您把我送到马哈亚尔那里去。"

谢姆斯为他打开了一张飞床，对他说："请坐上去吧，飞床会把你带到马哈亚尔的国家去。"

哈迪姆坐上飞床，飞床越过许多高山和大河，终于把他送到马哈亚尔的国家。

马哈亚尔的士兵抓住了他。哈迪姆对他们说："我不是来惹事的，我是为了友谊而来的。请送我去见国王马哈亚尔。"

马哈亚尔见到哈迪姆十分高兴，并热情地款待他。谈话间，哈迪姆向国王提出要大鸟蛋的事。马哈亚尔说："哈迪姆，你若能说出这枚鸟蛋的来历，我就送给你。"

哈迪姆从头至尾讲述了他听到的有关大鸟蛋的故事。马哈亚尔说："好极了，我的大鸟蛋的来历跟你讲的完全一样。你是当之无愧的勇士，愿真主与你在一起。这颗珍珠归你了，拿回去送给你的朋友穆尼尔吧。"

马哈亚尔还拿出很多金银财宝，要送给哈迪姆。但是，哈迪姆谢绝说："十分感谢您，真主赐给我所有的一切，我只要珍珠。"

哈迪姆拿着珍珠回到自己的国家。穆尼尔正翘首等待，看见哈迪姆回来，他异常高兴和激动。后来穆尼尔把珍珠送给了芭努公主，并同她结了婚。

哈迪姆与樵夫

在哈迪姆时代，有一位名叫努法尔的阿拉伯国王。由于哈迪姆享有盛名，国王对他产生了敌意，心想：虽然他不是国王，但其名声却超过我。于是国王就集结军队，向哈迪姆发起进攻，并占领了他的领地。

哈迪姆是一个心地善良的人，是一名虔诚的穆斯林。他想：要是我也发动战争，那么安拉的很多仆人就将遭到杀戮，就会出现血流成河的悲惨结局，这一切罪恶都将记在我的名下。想到这里，他便只身来到一个山洞里躲了起来。

努法尔听到这个消息后，便没收了哈迪姆的全部家产，并发布告：如果有人抓到哈迪姆，重赏金币五百枚。重赏之下，必有勇夫，不少人开始寻找哈迪姆。

一天，一位老人和他的老伴来到哈迪姆藏身的山洞附近砍柴。老太太说："如果我们时来运转，说不定在哪里能遇到哈迪姆。把他抓到国王那里，就可以得到五百枚金币的赏钱，我们就能过上好日子,不用再受苦受累了。"

老头儿说:"闭上你的嘴吧!我们命中注定每天上山砍柴,说不定哪一天,从森林里跑出来一只老虎把我们拖去吃了呢。你就别异想天开了,快干活吧。哈迪姆不会落在你我手里的,就是落在你我手里,国王真能给我们那么多钱吗?"

老太太听了老伴的话,叹了口气。

哈迪姆听了这两个人的对话,心想:如果我躲在这里保命,不让这两位可怜的老人实现自己的愿望,那就谈不上什么英勇无畏和仁慈善良了。说实在的,人要有同情之心,否则,就成了刽子手。

总之,献身的精神使哈迪姆再也待不住了。他走出山洞,对老人说:"尊敬的老人家,我就是哈迪姆,把我带到努法尔那里去吧!他看到我后,就会把许诺的赏钱给你们。"

老头儿说:"是啊,这样做会对我有好处。但是谁知道他会怎么处置你呢?要是把你杀了,我可怎么办呢?为了自己的私利,把你交给你的敌人,我绝不会干这种伤天害理的事!那些钱我能受用几日?我还能活几天?我早晚是要死的,死后怎么向真主交代呢?"

哈迪姆再三恳求说:"把我带去吧,我是心甘情愿去的。我一直有一个愿望,就是我的生命和财产要能为他人造福。"

可是老头儿无论如何也不同意带他去换取赏钱。

最后,哈迪姆只好说:"如果你不把我带走,我就到国王那里自首，就说是你把我藏在山洞里的。”

老头儿笑了笑说：“好心却得不到好报，难道我真是命该如此吗？”

在他们争论时，陆续来了很多人。当人们得知眼前这个人就是哈迪姆时，便立即把他抓起来带走了。老头儿见此情景非常懊悔，急忙远远地跟在人群后面。

来到国王面前，一个黑心肠的人说：“除了我，还有谁能有这么大的能耐，这功劳应该归我。”

另一个家伙吹牛说：“几天来，我一直在东奔西走，今天总算从森林里把他抓来了。瞧，我多辛苦啊，请国王陛下按您的许诺赐给我赏钱吧。”

因贪图钱财，这些人一个个都争先恐后地说：“是我抓来的！”“是我抓来的！”唯有老头儿默不作声，躲在一个角落里。听了这些家伙的谎言，老头儿暗自为哈迪姆捏了把汗。

等这些家伙摆完了自己的功劳，哈迪姆对国王说：“其实，我是那个站在一旁的老人带来的，不信您可以去问他。如果您会察言观色的话，就可以看出来了。请您履行自己的承诺，人身最圣洁的器官是会说话的舌头，您应该说到做到。不然阿拉也会给牲畜安上说话的舌头。这样人畜之间不就没有区别了吗？”

努法尔把砍柴的老头儿叫到跟前问道：“说实话，这究竟是怎么回事？哈迪姆是谁抓来的？”

于是那个可怜的老头儿一五一十地讲了事情的经过，并且说："哈迪姆是为了我，才来到这里的。"

努法尔听了哈迪姆如此无私无畏，不禁大吃一惊，心想：啊呀！这个人如此慷慨仁慈，竟能把个人的安危置之度外！于是他下令："把那些冒充抓到哈迪姆的人捆起来，用鞋底在每人头上打五百下，来替代那五百枚金币，都给我狠狠地打！"

说完，鞋底便噼里啪啦地落到那些人的头上。顷刻间，那些家伙一个个都变成了秃子。那些说谎的歹徒受到了应有的惩罚。说谎确实是最大的罪恶，但愿安拉保佑，让世界上的人都不要犯这条罪，不要养成说谎的恶习。

努法尔心想：哈迪姆对国家有贡献，他为贫穷的臣民献出自己的生命也在所不惜，他为了安拉随时都准备贡献出自己的一切。而我却与他为敌，这更显出我太没有君子豪杰的气量了。于是努法尔友好热情地紧紧握住哈迪姆的双手，说："你这样仁慈豪爽，理应受到百姓的拥戴。"

随后，努法尔盛情地宴请了哈迪姆，并把没收的全部财产归还给他，还让他继续做达伊部落的首领。国王又从国库中拿出五百枚金币赏给那位老樵夫。老人祈祷感谢真主后，高兴地回家了。

木匠和金匠

从前,在某个城里住着一个木匠和一个金匠,二人之间的友谊非常深厚,凡是见过他们的人都会说这二人真是亲如兄弟。一次,两人一同旅行,来到一个城市没多久,钱就花得差不多了。于是两人商量道:“这个城里最富有的地方就是神庙了,因为那里有很多金子做的神像。我们就打扮成婆罗门的模样,进到神庙里,虔诚地做祈祷之事。这样,一有机会,我们就偷下几尊神像,变卖之后我们就有钱了。”

二人商量好后,便走进一座神庙,开始做祈祷之事。那里的婆罗门看到他们二人如此虔诚,都非常羞愧,每天都有两个婆罗门离开神庙,再也没回来。有人问他们:“你们为什么不再回神庙了?”他们都回答说:“几天以来,有两个婆罗门在这里非常虔诚地祈祷,一刻也没有停歇,不曾抬头,也不与任何人对视,我们实在不能与他们相比,我们羞愧难当,因此,我们才离开了神庙。”

当神庙里除了他们二人再没有其他人的时候,他们趁夜偷了几尊金像，朝家走去。直到走到近郊，他们才放下金像，把它们埋在一棵树下，各自回了家。半夜时分，金匠独自一人把那里的金像运回了家。天一亮，金匠反而找到木匠，对他说：“哎，木匠！你这个骗子！真是无情无义、不讲信用的人！你就这样不在乎我们的友谊吗？竟把这几尊金像偷走了，我们十几年的情分算是尽了！难道我们几十年的兄弟感情都比不上这几天的诱惑？好啊！在这个时代，我再也不相信友情了。”

木匠听了十分诧异，云里雾里不知道对方在说什么，于是无辜地说道：“哎，金匠！做都已经做了，发生的也已经发生了，算了吧。看在真主的份上，不要再冤枉我了。”他是一个聪明人，知道与其争辩理论根本无济于事，于是打算暂时沉默以对。

几天过后，木匠照着金匠的模样做了一个木头人，给木头人穿上了跟金匠一模一样的衣服，并从某处找来了两只小熊。木匠在木头人的袖子和衣角下放了一些吃的，当两只小熊觉得饿的时候，便来到木头人身边，在它的袖口或者衣角下找食物吃。慢慢地，两只小熊以为这个木头人是它们的爸爸妈妈，所以与之产生了很深厚的感情，每天都依恋地来到它身旁依偎着。

一天，木匠宴请金匠一家以及他的邻居。金匠带着妻子和两个孩子应约来到木匠家，而木匠自己却躲在暗处。趁着金匠夫妇不留神，木匠把他们的两个孩子悄悄藏了起来，又偷偷放出了两只小熊，接着大声疾呼起来：“哎！金匠的两个儿子怎么变成了两只熊?”

金匠听了连忙来到屋外,不知所措地哭了起来,然后双手掐着腰说道:“你怎么能说谎呢? 人怎么可能一下子变成动物呢?”

最后,他们来到法官面前请他评理。法官问道:“哎,木匠! 金匠的孩子怎么变成小熊了?”

这时,木匠答道:“尊敬的法官! 他们两个就在我面前玩耍摔跤,突然一下子摔倒在地上,就都变成熊了。”

法官说道:“我无论如何都不相信这是真的。”

木匠继续说道:“我曾经在书上看到有人写过,一群人因为惹怒了真主而变成了动物,但是他们的智商依然停留在人的水平,也记得人类的情感。我看现在应该把两只小熊带到大殿上来,让它们与金匠面对面,它们如果是金匠的孩子,那一定能表现出对父亲的爱来。如果没有的话,那随便您怎么处置我。”

法官觉得这个办法可行,就让人把两只小熊带到了金匠身边。两只小熊一看到金匠,就跑到他身边,亲吻他的脚,把头放进他的腋下,旁若无人地躺在他的脚边,怡然自得。

看到这场景,法官说道:“哎,金匠,现在我相信了,这两只小熊就是你的孩子。现在带着你的孩子们离开这里回家去吧,别再无理取闹,难为这个穷困的木匠了,他说的确实是真的。”

听到这话,金匠扑通一声跪在木匠面前,说道:“哎,兄弟,如果你是因为生我的气才这样做的话,你把你的那份钱财拿走,把我的儿子还给我吧。”

木匠答道:“你真是大错特错,仗着我对你的信任来欺骗我。如果从现在开始你不再说假话,不再欺骗人,不再不守信用,那说不定你的儿子们会变回他们原来的模样,再回到你身边。”

于是金匠把木匠应得的钱财给了他,并从木匠那里带回了自己的两个儿子。

贪心的婆罗门

从前，在一个城里住着一个十分富有的婆罗门。可天有不测风云，后来他变得穷困潦倒，便去另一个国家谋生。

有一天，他不知不觉走进了一座森林，看见池塘边正蹲着一只老虎，而一只狐狸和一只小鹿正站在它前面。婆罗门因为害怕而怔在那里一动不动。突然狐狸和小鹿的目光落在了婆罗门身上。于是它们商量道："如果老虎看见他就一定会吃了他，我们得想个办法让他非但不会被吃掉，反而会受到奖赏。"

于是他们来到老虎身边作揖请安，说道："大王！您的慷慨远近闻名，今天连这个婆罗门都来向您请求施舍，瞧，他正双手合拢恭敬地站在那儿呢。"

老虎抬起头，看到婆罗门它十分高兴，便把他叫到跟前，给了他很多赏赐。总之，凡是被老虎吃掉的人，他们的金银财宝都被老虎赏赐给了婆罗门。最后，老虎还客气地与他道别。就这样，婆罗门带着很多财物回到家，又过起了有滋有味的日子。

过了一段时间，婆罗门贪婪的欲望又迸发了，被死神追逐的他又来到老虎面前。

这次老虎面前站着一只狼和一条狗，它们看到婆罗门后十分高兴，便向老虎说道："大王！这个人真大胆，您看他多神气啊！没有您的允许，他竟然就这样面对面地站在您面前。我看他是不想要命了。"

老虎听罢便一跃而起，结束了婆罗门的性命。

智　谋　珠

从前，在伯勒赫城里居住着四个有钱人。说来也巧，后来他们四个都变得一贫如洗。一天，他们找到一位智者，每个人都在智者面前讲述了自己的情况。智者很同情他们的遭遇，便给了他们每人一颗智谋珠，并让他们把智谋珠戴在头上后再离开，还告诉他们，头上的智谋珠落在哪儿就挖哪儿，挖出来的财物就归他们所有。

他们四人把智谋珠戴在自己的头上，然后朝同一个方向走去。当走了八里处，一个人头上的珠子掉了下来，他就在珠子掉下来的地方挖，结果挖出了铜。这人对另外三个人说道："我觉得铜比金子更珍贵，如果你们想要的话，就和我在这儿一起挖吧。"

另外三个人并没有听他的话，而是继续向前走。走出去不远，第二个人头上的珠子也掉了下来，他在那块地上挖出了钱币。于是他跟余下的两个人说道："你们也在这里挖吧，钱币特别多，有了这些钱，以后的日子就不用愁了。"

剩下的两个人没有听他的话，而是继续前行，直到第三个人头上的珠子掉下来。第三个人在珠子掉下来的地方挖出了金子。于是他十分兴奋地跟第四个人说："现在没有比这个更好的了，如果你愿意，就在这里挖吧！"

第四个人答道："我会继续往前走，前面可能有珠宝，我为什么要留在这儿？"

话音刚落，他便继续往前走，大约走了一里路，他的珠子也掉了下来。他掘地三尺，却只挖出了铁。看到这场景，他十分羞愧，心里想：我为什么放弃了金子，没有听朋友们的话？这真是："不听朋友言，后悔在眼前。"

第四个人扔了铁，来到那个挖到金子的人身边开始挖，结果他一点儿金子也没挖到。来到第三个人身边挖，他也什么都没挖到。最后来到那个挖出铜的人那儿挖，他依然什么都没得到。他这才为自己的苦命而哭泣起来："我这苦命的人，命中注定什么都得不到啊！"后来，第四个人又返回了智者家里，在那儿他也什么都没有得到。于是他极度无奈和后悔地吟诵道："我做的事能跟何人说，凡是做过的事情都错了。"

小王子、青蛙和蛇

从前，有一位伟大的国王，他共有两个儿子。国王去世后，大儿子不仅继承了王位，还想杀死自己的兄弟以绝后患。小王子得知这一消息，十分害怕，便连忙逃出了城邦。

几天之后，小王子来到一片池塘边，他看见一条蛇抓住了一只青蛙。青蛙大声求救："哎，真主啊！有谁来救救我吧，把我从这该死的蛇口中解救出来！"

听到青蛙的呼救，小王子朝蛇大喝一声，蛇因为受到惊吓放走了口中之物。青蛙慌忙跳进水中，而蛇还留在那儿。小王子觉得愧对蛇，心想：我从蛇嘴里抢出来那么小小的一口肉，真是惭愧。于是他从自己身上割下一点肉，扔到蛇面前。蛇叼起肉，回到雌蛇那里。雌蛇吃完肉，问雄蛇："这块好吃的肉从何而来？"雄蛇便把事情的原委告诉了雌蛇。雌蛇听完后说："既然王子对你做出如此善举，你就有义务回报他的恩情。"

就这样，蛇化为人形，来到小王子身边，对王子说："我叫哈利斯,我想为您服务。”王子应允了。

青蛙从蛇口中逃走后,满身是血地回到了雌蛙那里,它将发生的一切告诉了雌蛙。雌蛙听完后也说:“你应该去王子身边,回报他的恩情。”

于是青蛙也化作人形,来到王子身边,说:“我叫穆赫鲁斯,我想像仆人一样为您服务。”王子欣然应允。

后来,王子、青蛙和蛇一同来到一座城里。王子参见了这座城市的国王,说:“我可以战胜一百个人,倘若您愿意每天支付我一千卢比的薪酬,我就为您服务,完成您吩咐给我的每一件事情。”

最终国王同意雇用王子,并答应每日给他一千卢比的薪酬。每天,王子都拿出一百卢比用于自己的开销,两百卢比给他的两个伙伴,剩下的都用在慈善上。

有一天,国王去捕鱼,不小心把戒指掉进了水里,众人尝试了好几次,都没有捞上来。于是国王对王子说:“把我的戒指从河里捞上来!”

王子跟自己的仆人说:“国王吩咐我把戒指捞上来。”

两个仆人都说:“这算什么大事,太简单了!”

穆赫鲁斯说:“请放心,这是我的工作,我来完成。”

于是,穆赫鲁斯现出青蛙原形,跳入河中,潜入河底,捞出了国王的戒指。王子将戒指交给国王,国王戴上戒指,重赏了王子。

过了几天,国王的女儿突然被蛇咬伤。尽管医生竭尽全力,但是公主的病情毫无起色。国王对王子说:“快治好我女儿的病!”

王子听后很紧张,心里思忖:这我可做不到了。

哈利斯猜出了王子的心思,说:“请把我带到公主那里,把我们两个单独安排在一间小屋中。真主保佑,我可以把她治好。”

王子把哈利斯和公主安排在一间小屋子里,便离开了。

哈利斯用嘴把公主体内的毒液吸了出来,公主当即就康复了。国王看到女儿恢复了健康,十分高兴,就把公主许配给了王子。

过了几天,哈利斯和穆赫鲁斯对王子说:“我们想跟您告辞。”

王子问:“你们怎么挑这个时候告辞呢?”

哈利斯说:“我是那条您曾经用自己的肉喂过的蛇。”

穆赫鲁斯说:“我是您从蛇口中救出的青蛙。既然恩情已报,我们就要回家了。”

听到这里,王子便高兴地送别了他们。

忠诚的卫兵

有一天，塔巴里斯坦国王宴请嘉宾。宴会厅装饰得金碧辉煌、美轮美奂，各种美酒、各种佳肴应有尽有。王公、大臣、医生、学者，只要是城里面有才能的人，全都聚集在此。当他们正享用美味佳肴、畅饮美酒时，一个陌生人大摇大摆地走进宴会厅。宾客们都问："勇士，你是谁，来自何方？"

陌生人说："我是一名剑客，既能捕虎，又精通射箭的艺术，别说是石头了，我射出的箭就连山都可以穿透。除此之外，我还熟悉很多军事艺术，博闻多识。我之前侍奉阿米尔·胡杰德，但没能得到他的赏识，我这才抛弃了旧主投奔塔巴里斯坦国王。如果国王您把我留下，我一定会随时准备献出生命，为您效犬马之劳。"

听了他的话，塔巴里斯坦国王吩咐仆人和大臣："立即把他编进守卫部队里，看看他有哪方面的才能，以后再给他安排具体的工作。"

就这样，大臣按照国王的命令，把他编入守卫部队里，并授予级别。从早到晚,他都精神百倍地履行守卫职责,两眼一刻都不离开皇宫。

有一天半夜,国王站在露台上向西方眺望,目光突然落在了新来的卫兵身上。看到他一个人站在那里,国王问:“喂,你是谁?为什么这么晚还站在宫殿下面?”

卫兵回答说:“圣上,我是守卫皇宫的卫兵,几天来,我从傍晚到早晨一直守卫着王宫,天天渴望能够见到您的尊容。今天,总算命运开恩,让我亲眼看到了伟大的国王您,我真是开心至极!”

正在这时候,国王听见森林中传来一个声音:“我要走了,有没有人可以让我转回身来?”

国王十分奇怪地对卫兵说:“喂,卫兵,你也听到这个声音了吧,这个声音是从哪里发出来的?”

卫兵说:“禀报国王,我已经连着好几个晚上听到这个声音了,一过半夜就传来,可是我得站岗,不能扔下皇宫不管,所以我脱不开身去调查这个声音究竟是谁的声音,来自何处。如果国王允许,我立刻前去探查清楚,回来禀报您。”

国王说:“这样最好,快去吧。”

卫兵立即去打探消息。他刚走一会儿,国王也披上黑斗篷,遮掩了脸和全身,偷偷地跟在后面。卫兵走了一段路,看到一个美丽的少妇站在一棵树下,正哭喊着:“我要走了,有没有人可以让我转回身来?”

卫兵问:“像仙女般美丽的夫人,你是谁? 为什么在夜里说这样的话呢?”

那少妇说:“我是塔布里斯坦国王寿命的影子,他的寿命马上就要终结,所以我就要走了。”

一听到这些话,卫兵说:“喂,国王寿命的影子,怎样才能让你转过身来,不离开这里呢?”

少妇说:“有一个方法,如果你把儿子的生命献祭出来,就可以换取国王的生命,让他在这个世界多活几天,不会这么快死去。”

卫兵十分高兴,说:“哎,国王寿命的影子,为了国王的性命,我可以把儿子的生命献祭出来。你别着急走,就等在这里,我马上回家,把儿子带到你面前献祭给你。为了国王的平安,我愿意舍弃儿子的性命。”

卫兵说完便回到家,对儿子说:“儿子,国王寿数已定,随时都会死去。可是如果你肯为国王献出生命,他就可以在这个世界上多活几天。”

这个善良、忠诚的男孩听完父亲的话,说:“父亲! 我们的国王公正、仁慈,又这么慷慨、勇敢,是庶民的保护者,与之相比较,我算不了什么,即使我们全家为此献出生命,都在所不辞,更别说我这样一个微不足道的人了。只要国王活着,天下人就有了指望。所以,快把我带走吧,让我做他的替身。到那个时候,我将会获得今生来世的两世福分:首先,我听从了您的吩咐;再者,我是为了这样的国王才献身的，世界上再没比这更好的了。所以，父亲，您快把我带去为国王献祭吧，像我这样微不足道的人，死了算不了什么！”

最后，卫兵把儿子带到那少妇面前，绑住儿子的手脚，正当他准备用锋利的宝剑砍向儿子时，那少妇突然抓住卫兵的手，说：“不要杀死你的儿子，不要砍他的脖子。真主已经看到你的忠诚而垂怜于你了！仁慈的真主让我在国王身体里再住六十年。”

卫兵一听，十分欢喜，赶紧回去向国王禀报这个好消息。

塔布里斯坦国王也亲眼看见了一切，并听到了士兵和儿子间的谈话。卫兵回来前，他急急忙忙地回到王宫，走上露台，好像什么事情都没发生过一样，来回踱步。过了一会儿，卫兵来到国王面前，弯腰行礼，说：“恭喜您，国王的寿命、财富、伟大和荣誉，都会延长直到末日审判！”

国王问卫兵：“卫兵，你有什么发现？那声音是谁的呢？你把探听清楚的一切禀报我听吧！”

卫兵双手合十说：“伟大的国王，有个美丽的女子和丈夫争吵，赌气跑到森林里去了。她在一棵树下大哭，还高声大喊：‘我再也待不下去了！’我就走到她身边，好言好语安慰了她，善意地规劝她和丈夫和好，让两人之间的情谊延续下去。最后，她对我保证说：‘我六十年之内都不会离开丈夫的家。’”

国王看到卫兵的智慧和忠诚，以及卫兵儿子的勇气，吩咐道：“卫兵，当你去打探消息的时候，我一直尾随在你身后。我听见了你和儿子之间的所有对话，亲眼目睹了发生的一切。尽管你以前贫穷卑微，日子也不顺心，还要给我当卫兵，但现在愿真主保佑，你会过上更好的生活，我将时时刻刻好好待你。托真主的仁慈，你将享受财富和幸福。”

法官与三个王子

从前有一个国王，他有三个儿子。这三个儿子的面貌、秉性和智慧一个胜过一个。国王请来全国最有名望的学者做他们的老师，向他们传授各种知识，结果他们个个足智多谋。

国王年事已高，谢世之前他把三个儿子叫到跟前，当着众大臣的面把国王的疆土分成三份给了三个儿子。等众大臣离去后，国王又把自己的金银财宝拿出来分给他们三个，并且嘱咐说："千万别让外人知道你们有这么多的财宝，最好藏在一个保险的地方。将来你们遇到难处，比如国家被敌人侵占，面临艰难困苦时，这些财宝会大有用处的。"

王子们牢记国王的嘱咐。国王死后，敌人侵占了他们的国家，他们被迫流落他乡。这时，他们想起了国王临终时对他们所说的话，便一同来到渺无人烟的大森林，准备取出财宝。可是，当打开洞穴一看，财宝早已不翼而飞，洞穴内连一颗珍珠也没有剩下。这些财宝是他们三个人一块儿来埋的，当时并无他人在场，如今都被拿走了,他们个个万念俱灰。

大王子对兄弟们说:“小偷肯定出在我们中间,不可能是外人。谁拿了财宝,只要他能承认,我们可以原谅他。”两位兄弟低头不语,谁也不承认是自己拿了财宝。看到这种情况,大王子对他俩说:“我们去找大法官。他智慧过人,秉公办事,一定能做出公正的裁决。”

于是,三兄弟上路去找大法官,路上遇见一个赶骆驼的人。赶骆驼的人问他们是否见到一头骆驼从这儿过去。

大王子问:“是不是瞎了一只眼睛的骆驼?”

“是的。”赶驼人答道。

二王子问:“它的后腿是不是瘸了?”

“对啊。”赶驼人回答说。

小王子也接着问:“骆驼是不是驮着醋?”

赶驼人说:“是啊,太对了,那就是我的骆驼。快告诉我,它现在在哪儿?”

三位王子笑着摇头说:“不知道。”看到赶驼人一副疑惑的模样,他们又说,“说真的,我们连骆驼的影子也没见到。”

他们的话使赶驼人勃然大怒,他说:“我的骆驼一定被你们藏在什么地方了。骆驼的特点说得那么准确,还说没见到。我要到大法官那儿去告你们。”

大王子心平气和地说:“我们也正要找大法官断案,走吧,我们一道去那儿评理吧!”

四个人来到大法官面前。大法官先听了赶驼人的诉说,然后又让王子们回答他们是怎样知道骆驼的特点的,后来为什么又都否认见过骆驼。

大王子说:“大法官先生,我没有看见骆驼,只看到骆驼啃过的树。这些树都在路的一侧。因此,我断定有一头独眼骆驼从此地经过。”

二王子接着说:“我也没见到过骆驼,只发现地上有骆驼的蹄子印,而且后蹄印比前蹄印要浅。因此,我判断它的后腿瘸了。”

轮到小王子回答了,他说:“我在树林看见一块骆驼躺过的地方,周围地上泛起一层白糖似的东西。因此我断定,骆驼驮着装醋的皮袋。醋从皮袋里流淌出来,洒在地上才会出现这种情况。但我并没有见到过骆驼。”

大法官听了三位王子的叙述,觉得他们聪慧过人,他十分喜欢他们。他把赶驼人打发走后,又邀请三位王子到家做客。

晚饭后,大法官问起他们此行的目的。大王子把他们的经历讲述了一遍。大法官说:“现在你们先休息一会儿,容我想想,不过我想讲一个故事,以共度良宵。”王子们愉快地接受了。

大法官说:“有一个美丽的少女爱上一个英俊的青年,两人海誓山盟,要结成终身伴侣。可是,少女的父母强迫她嫁给别人。在同自己心爱人相会时,少女答应青年,结婚仪式一结束,一定找机会同他见上一面。

“谁知结婚的所有仪式举行完后，她却没有机会脱身出来。这时，她触摸新郎的脚，满脸泪水，如实地对新郎说：‘我曾向我的情人许诺过，今天去见他一面。就这一次，以后再也不见他了。’也许是她的真情打动了新郎，新郎答应了她的请求。于是新娘穿着新婚礼服，戴着各种首饰去会情人。路上，在一片不毛之地，她被一个强盗拦住了去路，并要摘下她的首饰。她赶忙跪下恳求道：‘我的新郎让我同情人见最后一面，求你也成全我这一次。我保证返回时一定把这些首饰都交给你。’强盗发了善心，放她过去了。当她一身新娘打扮出现在情人面前时，那青年人惊愕了。新娘如实地述说了所发生的一切。青年十分感动地对她说：‘今后你就是我的妹妹。去吧，回到你丈夫身边，你是他的人。’

“返回的路上，正在等她的强盗见她果真回来了，大大出乎他的预料。当新娘要给他首饰时，他却问道：‘先告诉我，你的情人如何对待你的？’新娘告诉了他。强盗被他们的真诚所感动，放弃了原先的邪念，让新娘带着首饰走了。新娘回到家，向新郎叙说了发生的一切。新郎一片深情地把新娘搂在怀里。”

三位王子听了这个故事，都很兴奋，他们都赞叹说：“这故事真是太感人了。”

大法官说：“你们都是十分聪明的青年人。你们说，这几位角色中最好的是哪一位呢？是新娘的丈夫，还是强盗或情人呢？”

大王子说:“我认为丈夫的宽阔胸怀是最值得称赞的。”

小王子急忙接着说:“我可不同意你的意见。事实上,新娘的情人才是无可比拟的……”

二王子打断他的话说:“噢,你们可真公平啊,强盗先生所做的牺牲才是前所未有的。”

二王子的话刚说完,大法官说:“是二王子私吞了埋藏的财宝。”

大法官的判决使二王子张口结舌,而其他两位王子连声叫道:“妙! 妙!”原来大法官用讲故事的方式,无形中让他们倒出了各自头脑深处的东西,使得罪犯原形毕露。

误　　会

很早以前，信德有一个小国，其境内有一个湖泊叫卡克湖，因而取名卡克国。卡克国的国王有两个女儿，大女儿叫穆玛尔，二女儿叫苏玛尔。姐妹俩长得非常漂亮，又知书达礼，多才多艺。大女儿尤其聪慧过人，备受国王的宠爱。

不久，国王因病去世，因为他没有儿子，大女儿顺理成章地继承了王位。大女儿既聪明又细心，从小就跟随国王出入朝廷，多少学会了一些处理国家事务的本领。继承王位后，由于她聪敏能干，国家被管理得井井有条。

过了几年，随着年龄的增长，她该选择一个合适的丈夫结婚了。穆玛尔反复琢磨着，决定找一个真正爱她，并能帮助她处理国家大事的人，而不是找一个贪图她的相貌、财产和权力的人。

为了选择这样合适的丈夫，她思考了很长时间，最后想出一个自认为非常聪明的办法。她命令工匠修建了一座宫殿，宫殿的四周开凿了很宽的护城河。护城河虽然不深，但是经过工匠的精心处理，河底巧妙地铺上玻璃镜子，站在河边猛地一看就像是一条看不见底的深河。河道与大海相连，只要大海里海涛汹涌，护城河必然波浪滚滚。

然后，她又叫石匠雕刻了很多栩栩如生造型各异的狮子，摆放在宫殿的四周，远处看去，就像是一群真的狮子在守护着宫殿。

最后，她派人在宫殿的大院里放了七张床，六张是用细棉线绷起来的，人坐上去就会断掉，只有一张是真正的绳绷床。每张床上都铺了一条床单，很难辨认出哪张床结实。

一切准备妥当后，公主宣布：谁能越过护城河，打败狮子，坐到那张绳绷床上，她就和谁结婚。

公主选择丈夫的条件公布以后，一下子来了许多人，他们都是邻国的王子和一些贵族子弟。可是这些人有的害怕掉进护城河里淹死，有的害怕被大狮子吃掉，有的害怕碰不上绳绷床。几个月过去了，公主一直没有选到合适的丈夫。

一天，乌曼克特国王乌玛尔和大臣们外出狩猎，路上遇见一个乞丐。乞丐原是一个贵族的儿子，他非常爱穆玛尔公主，参加了公主的择婿考验，结果失败了。他既伤感又没脸回去见人，只好流落街头成了一个乞丐。他向国王讲述了穆玛尔公主的择婿条件和设下的三道关卡。

国王听了，感到非常好奇，想去看个究竟。于是，他带上众大臣，掉转马头直奔卡克国去了。他们来到护城河畔，只见河水像大海一样汹涌澎湃，大河包围着一座宏伟、漂亮的宫殿，宫殿四周由凶猛的狮子把守。

看到这种情景，国王和大臣们个个魂飞魄散，好奇心早已抛到九霄云外，掉头就回自己国家去了。随国王来的有一位名叫拉诺的年轻大臣，他不肯认输，心想能琢磨出这种办法的女子一定很聪明。突然，他大喊一声："我一定要娶公主为妻！"他跳下马，到了河边，他首先用长矛试探河水的深浅，让他吃惊的是，河水只有到膝盖那么深。

他顺利地通过第一关，来到城墙跟前，刚才凶猛吓人的狮子这会儿竟死呆呆地站着动也不动一下。他举起长矛向狮子刺去，发现狮子竟是石头的。

通过第二关，他高兴地走进宫殿。来到放在院内的七张床前，他迟疑片刻，举起他的那杆长矛，挑开铺在七张床上的床单，他揭开了床的秘密。

经受三关的考验，他得到了穆玛尔公主的爱情。拉诺和公主成亲后，他们俩夫妻恩爱，日子过得非常幸福。公主在治理国家方面有了一个好帮手，国家也越来越强大。

乌曼克特国王知道了他的大臣和公主成亲的事，十分嫉妒。他想，如果当时勇敢点儿，公主肯定是他的了。他越想心里越不是滋味。一天，他派人去卡克国，召回拉诺。

拉诺回到乌曼克特国，国王对他说："拉诺，你是乌曼克特国的大臣，是我一手提拔起来的，但是你背叛了我。为了一个女人，你竟然抛弃了自己的国家。为了惩罚一个不忠之臣，我不许你离开我的国家一步。”

拉诺听了国王的话很是不满，但作为大臣他又不敢抗旨。几天来，拉诺一直闷闷不乐，他思念自己的爱妻。一天傍晚，国王不在王宫，拉诺趁机从马厩偷偷牵出一匹快马，骑上马直奔卡克国去了。

经过一阵奔波，拉诺来到了他日思夜盼的妻子身边。他紧紧拥抱着穆玛尔，说：“亲爱的，几天不见，让你等苦了，请原谅我，从今天起我保证天天晚上来陪你。”他安慰妻子，向她表达自己对爱情的忠贞。然而，他没把国王对自己的禁令告诉妻子，他怕她伤心，更怕失去她。

拉诺每天傍晚来卡克国与妻子团聚，第二天天亮之前再赶回乌曼克特国。他辛苦奔波于两国之间，穆玛尔公主没有察觉，乌曼克特国王也没有发现。

一天，有一个邻国的国王来拜访乌曼克特国国王。晚上，国王为欢迎贵宾在王宫举行盛大宴会，拉诺应邀出席作陪。宴会一直持续到深夜还没有散的意思，拉诺有点坐不住了，他担心穆玛尔在等他。此时，他的心情痛苦极了。他几次向国王告辞，但是都没有得到国王的允许。

到了深夜不见丈夫回来，穆玛尔公主特别不安，她担心丈夫出事。后来她头脑中出现了一个可怕的念头：会不会是丈夫又喜欢上别的女人了？她越想越觉得可怕，因为没有更好的理由解释他到现在还不回来的原因。

到了后半夜，国王的宴会散了，拉诺才得以脱身。他急忙赶往卡克国，来到妻子的宫殿，登上穆玛尔和他平日过夜的地方。深夜里，万籁俱寂，一切都已沉睡，只有月亮的幽辉映照着宫殿。他看到妻子的睡床还是放在原来的地方，便怀着激动的心情往前走了几步，想给妻子一个惊喜。突然他停住了脚步，眼前的一切让他大吃一惊，他看到妻子的身边还睡着一个年轻的男子。

拉诺从妻子与那男子睡觉的姿势看出他们的关系还很亲密。顿时，他感觉到是老天在捉弄自己，他心里痛苦极了。他一时不知如何是好，思来想去，最后把手杖放在床边，悄然地离去了。

早上，穆玛尔醒来看到丈夫的手杖，便知道拉诺在她夜里睡着的时候来过。她立刻意识到自己的玩笑开过了头。她穿好衣服直奔乌曼克特国去找拉诺，但是他不在城里。她又去他的家乡找，还是不见他的踪影。后来经过多方打听，才知道拉诺出家做了隐士。

穆玛尔苦苦哀求，想见他一面，而拉诺执意不见。无奈，穆玛尔离开乌曼克特国回到卡克国，回来以后就病倒在床，不久就离开了人间。她死前也没有机会向拉诺解释，那天睡在她身边的不是别人，而是她的妹妹苏玛尔。穆玛尔以为拉诺另有新欢，想报复他，就让妹妹穿上男人的衣服睡在自己身边，没想到因此毁了幸福的婚姻，伤害了拉诺的一片忠诚。

命运的钥匙

从前，有一个住在乡下的织布工。他勤奋好学，又肯钻研，织出的布精致而好看，但布价比别人的要高出好多，穷苦人买不起，只有富裕农民和地主来买。农村中大部分是穷苦的农民，因此他的布卖出的数量很少。布卖不出去，他就赚不到钱。相反，那些织粗布的织布工的生意却比他的要好。

一天，他对妻子说："我织的布在乡下卖不出去，这儿没人能欣赏我的手艺，也没有多少有钱人，村里其他织布工的生意比我的要好。我想到城里去，那里人多，我的布会受到欢迎的，我能挣很多钱。"

妻子劝他说："我们的生意不好，这是命运的安排，到哪儿去都一样，该赚不到钱就是赚不到钱，进城也没有用，命运是无法改变的。"

"你说的都是些废话。命运不能决定一切，有好的命运，也得有勇气和好的经营方法。你坐在家里不去努力，命运会给你带来什么呢？勤劳才会带来一切。”织布工说。

“你说的话才是废话。命运就是一切，如果我们命中注定要受穷，再勤奋也没有用。”妻子不高兴地说。

“就算是命运决定一切，那我们的命运是什么？为了这个也得去努力，去想办法。你自己不想办法，馅饼是不会掉下来的。我一定要进城去。”

织布工不顾妻子的反对，来到城里。他精心织布，老实做生意，织出的布很快受到城里人的青睐。布卖得多了，他赚的钱也就多了。后来，他又刻苦钻研，织出许多图案新颖的布来，迎合了城里人的追求和需要。结果，织布工在很短的日子里，就赚了很多的钱。一天，他带着给妻子买的首饰和给孩子们买的好吃的东西，要回家去看看。他从没有坐过船，这次他要尝试一下，于是，他选择了坐船回家。

船穿行在河中，风急浪大，有时颠簸得很厉害，但是，织布工感觉很有意思。随着船的摇晃，他浮想联翩，他想带这么多东西回去，妻子和孩子见了一定会高兴得跳起来，他会对妻子说，“怎么样，勤劳和精明能打开命运的大门”，妻子会心悦诚服地点头称是。就在他陷入沉思的时候，迎面过来一条船，只见那船一靠拢过来，就有几个人跳上他们的船。等到织布工明白过来，才知道这几个人原来是一伙强盗。他们抢走了所有人的钱财，织布工也不例外。所有的东西都被抢走了，只有命保住了。织布工回到家，跟妻子讲述了自己在船上被抢的经过。

妻子说:“我没有说错吧,我们就是受穷的命,你出去再远也没有用。今后别再出去了,就待在家里,听从命运的安排吧。”

但是,织布工不同意妻子的说法,他说:“命运是需要自己安排的,我一定要再试一次。我这次遭抢,没什么大惊小怪的,河里乘船本来就有危险,这是我自己的过错,我不该走水路回家。”

过了几天,织布工又说服妻子进城去了。由于有了上次的经验,加上他的精明和勤奋,他挣的钱更多了。又该到他回家的时候了,他又买了许多礼物往家走。因为有了上次被抢的教训,这次他选择了走陆路。但是,由于出城晚了,当天赶不到家,他只好在途中过夜,第二天再赶回家。当天晚上,他住在一家客栈,早上一醒来,他就拿起自己的箱子上了路。一路上,他的心情好极了,但回到家打开箱子一看,买给妻子和孩子的礼物竟变成了一堆烂布和石头。他明白了,他的东西在客栈被人调包了。

妻子安慰他说:“算了,东西丢了,人平安回来就好,再也不要出去了,我们的命运与钱财无缘,你还是相信命运吧。”

“这次被人调了包,都怪我没有安排好。我们不能认命,命运的好坏取决于人的勤奋和智慧,而和别的无关。都说命运,谁又能知道自己的命运呢？就算命运中有的,不去努力,又怎么能获得呢？我一定要再试一次。”

第二天,他又去了城里。这次他更加努力地干活,精心经营,很快又攒了许多钱。这次回家，他经过周密的安排，把东西和钱财装进一个破麻袋扛在肩上，身上穿的衣服也是破烂不堪，俨然是一个穷困潦倒的织布工。为了当天能赶回家，他早早就出了城，谁也不会想到他扛的麻袋里装有钱物。

织布工终于携带钱物回到家中，妻子和孩子见到如此多的东西和钱都高兴极了。织布工神气地对妻子说："怎么样？这回你看见了吧，只要努力，没有办不成的事，命运的大门永远对勤劳、智慧、不怕失败的人敞开着。由于我自己的过错，失败了两次。命运的钥匙实际上就是智慧和勤劳，缺了这两点将一事无成。"

妻子什么也没说，只是微笑地看着自己聪明、勤劳的丈夫。她的神情表明，她完全同意丈夫的话。

你们知道什么

拉西德是一个爱面子、虚荣心极强的人。他把表面虚伪的东西看得十分重要，认为这样才能显出自己的身份。他每次去乡下，都要出点儿新花样，惹得乡下人围着他问这问那。每当这时，他就神气十足地说："你们乡下人什么都感到新奇，在我们城里这些都很平常，没什么稀罕的。"单纯憨厚的乡下人只能默默地听着，他们想，也许城里就是这样，大人物和有知识的人就这样说话和做事。

在乡下，憨厚好客的农民请拉西德吃夹门果①。拉西德不慌不忙地拿起小刀，切成几小块，然后再送进嘴里慢慢地嚼。同样，黄瓜、番石榴的吃法也让乡下人感到奇怪。他先坐下，然后把水果皮一点一点地削掉再吃，而当地人吃黄瓜和番石榴不削皮。村里人看到这些，奇怪地问："拉西德兄弟，您怎么像病人一样吃东西？"他微笑着说："哎，你们哪知道，我们城里人就是这样吃东

① 夹门果：一种外形似紫葡萄，核似桂圆的果子。

西的。”

这次，拉西德又要去乡下玩几天，临走之前，他想好了要好好地给乡下人显示一下自己城里人的风度。正值冬季，天气十分寒冷，拉西德清晨到达村庄。村里人表面上对他十分尊敬，但实际上十分讨厌他那趾高气扬的样子。他一来到姨妈家，就嚷着要洗澡。姨妈说：“等一会儿，我给你烧点儿热水洗。”

拉西德心想：这么多的朋友来见我，正好是我显示自己的时候。于是，他跟姨妈说：“不需要热水，用桶里的凉水就行。”

朋友们听后忍俊不禁，一个朋友说：“兄弟，这么冷的冬天用井里打出来的水洗澡受不了啊。”

拉西德说：“哎，你们知道什么？我们那儿就是这样。”为了显示自己，他用凉水洗了澡，冻得浑身直打哆嗦。

姨妈心疼地说：“孩子，我给你沏杯热茶，暖暖身子，驱掉寒气。”

拉西德很不高兴，说：“姨妈，洗澡后能喝热茶吗？给我一杯凉果汁，加上冰块，我们在城里就是这么喝的。”大家都劝说他不要喝凉果汁，他哪里肯听，说道：“你们知道什么？我们城里人就是这个习惯。”

他死要面子，谁的话都不起作用。他喝了凉果汁，算是幸运，冬天没有下雪，否则，他非得冻成冰块不可。

拉西德想：大家冬天都穿厚马甲、棉背心、长大衣和棉衣等，我得与众不同。于是他穿着薄纱裤子在村里溜达。有人见了就问他:“拉西德兄弟,这是怎么回事?大冬天怎么穿着夏天的衣服?”

拉西德神气十足地说:“你们知道什么?穿这样的衣服才能体现冬天的情趣。”就在他说这句话的时候,他浑身都在发抖。午饭和晚饭他都执意吃了些冰冷的食物。村里人吃惊地看着他,认为也许城里大概就是这样。

饭后该睡觉了,人家都关紧门窗,钻进被窝。然而,拉西德心想:我不能同他们一样,得显示出城里人的气派来。虽然这时他已感到周身不适,但是当姨妈拿着厚厚的被子来为他铺床时,他笑着说:“哎,姨妈,真有您的,这样的天气在房间里睡觉,就体会不到在房顶上睡觉的情趣了。您给我在房顶上铺一张床,再在床底下洒点凉水,别忘了挂上蚊帐,我要睡在房顶上。”

姨妈家的人,都瞪大了眼睛,他们不解地问:“兄弟,怎么回事?难道城里人和我们有这么大的区别,冬天睡在露天房顶上,大冷天还有蚊子?”

拉西德说:“哎,你们知道什么?科学发展了,越来越多的新仪器被发明出来,这些仪器使我们能看到最小的东西,蚊子在冬天穿着大衣出来,你们怎么会知道这事呢?”

他的话使人们个个瞠目结舌,有一个人大胆地问道:“兄弟,这真是新鲜事,蚊子会穿大衣?我们不相信。”

拉西德说:“咳,我觉得你们肯定不知道,蚊子可进步了,我是在显微镜下才看到的，你们又怎么会知道呢？这种知识在城里非常普通，谁都知道。”

清晨，姨妈家的人见拉西德没起床，认为城里人习惯睡懒觉，就没去打搅他。他们哪能想到，刺骨的寒冬，一个人用凉水洗澡，喝凉果汁，又睡在房顶上，是什么滋味？半夜里拉西德就被冻得缩成一团，他几次想回到房间，钻进被窝里，但是虚荣心、爱面子使他坚持睡在外边。他认为回到房间里有损他的尊严和气派。他把棉毯、被单及蚊帐都盖在身上，还是冻得发抖。最后他把床倒过来，压在身上，还是冻得浑身颤抖，而且越来越难以忍受。不知什么时候，他竟失去了知觉。

姨妈家来了好多人，都想听听城里的新鲜事，以便有机会进城时，不至于遇事太狼狈。可是，拉西德一直没起床，大家等得不耐烦了，一起来到房顶，只见床压在拉西德身上。起初，他们认为也许城里人就是睡在床底下，他们连叫了几声，不见拉西德吭声，便走上前去看，这才发现他脸色苍白，身体蜷缩，神志不清。大家立即动手把他抬到屋里，盖上棉被，点上火盆，灌了汤药。过了一会儿，他慢慢地睁开眼睛，嘴里发出微弱的声音：“城里……城里……”站在拉西德身边的一个淘气的男孩说：“拉西德叔叔，是不是城里就是这样？”

男孩的话惹得大家笑了起来。拉西德的姨妈急忙说：“不要耻笑别人的过错。拉西德错就错在虚荣心太强，太爱面子了，虚荣要不得,虚假的东西使人忘乎所以。人的尊严取决于良好的谈吐和简朴的生活方式,绝不是表面上的东西。”在场的人都为姨妈的话点头称是。

经过精心的治疗和照顾,拉西德很快恢复了健康。从这以后,人们再也没听他说:“哎,你们知道什么?你们是单纯的乡下人,我们城里就是这个习惯。”

哥哥与弟弟

在一个村庄里，住着两兄弟。哥哥叫阿赫德尔，弟弟叫尤素夫。他们父母早逝，又没有得到任何财产。无依无靠的兄弟俩只有上山砍柴，进城卖点钱来维持生活。村里有一个刚死了丈夫的寡妇，在村里长辈们的撮合下，哥哥阿赫德尔与她结了婚。弟弟心里十分高兴，他想：现在我们的小家又要像母亲在世的时候一样温暖了。但是，他的新嫂子是一个心狠手辣的女人，她一嫁过来就在丈夫面前进谗言，说小叔子的坏话。没过多久，哥哥阿赫德尔与寡妇苦心谋划，想出了一个残害弟弟尤素夫的罪恶计划。

一天，哥哥和嫂子唱起了双簧。先是嫂子骂尤素夫干活偷懒，还说："你要真是个干活的人，就会每天天不亮就上山，一直到天黑下山，在金荡山砍一整天的柴。"

哥哥听了嫂嫂的这番话，马上附和着说："我到现在还没带弟弟去过金荡山，金荡山太远了，本来我们的钱是够用了，但是考虑到弟弟还要结婚，需要更多的钱，我们就得多干点儿活，挣更多的钱，真是没办法的事……”

兄弟俩合计好，明天天不亮就直奔金荡山去砍柴。哥哥说：“要是村里人知道了，会跟着一块儿去的，我们得躲着他们偷偷去。”

第二天，天还没亮，兄弟俩就出发了，快到晌午时分，他们来到金荡山。放眼望去，哪有什么树林？只有一片荒无人烟的山地。尤素夫感到十分吃惊，但是，他什么话也没说，他知道说了也没用。过了一会儿，尤素夫发现前方不远的地方在冒烟，走过去一看，原来是一个水塘，水里冒出腾腾热气。水塘的四周长满了一人高的蛇草、荆棘和各种有毒的植物。哥哥站在距离那些植物很远的地方，对弟弟说：“你在灌木丛里休息一会儿，我去找点儿吃的来。”说完，他拿起斧头走了。

天渐渐地黑了，尤素夫又困又乏，刚要躺下休息一会儿，突然听见有人说话的声音。只听一个人说：“哥们儿，今天你都干了些什么？”

另一个人答道：“我一天都在看守着那些宝物，这几天有人常在那棵埋着宝物的树旁转来转去。说说你自己吧，在做些什么？”

“我把金币从洞里搬出来，放在太阳下晒了晒，然后又送了回去。哥们儿，足有一千枚！我们的那个哥们儿怎么到现在还没来？”

这时，水塘那边传来有人跳水的声音。尤素夫赶紧坐了起来。

不一会儿,那两个人对话的声音又传了过来,一个说:“好像这次伤得挺重,要不然怎么在水里待了这么长时间。”

另一个说:“每天都受伤,前两天折断了一条腿。说来也怪,它不会是把断腿噙在嘴里,靠着三条腿赶到水塘那边吧?它不会在水中把断腿接上吧?”

正在尤素夫为三条腿的事感到吃惊时,一条豺狗从水中爬了出来,朝着那两个发出声音的地方走去。尤素夫仔细一看,原来是一只老鼠和一条蛇在学人说话。只听老鼠说:“哎,现成的饭你吃到什么时候为止?”

豺狗说:“老鼠先生,只要国王女儿那莫名其妙的肚子疼病不好,我每天都能吃到国王送的饭菜。你白天黑夜地守着这一堆金币度过自己的一生,你觉得有什么意思?”

蛇代替老鼠回答说:“哎,哥们儿,我生活在蛇群里,知道公主肚子疼是一条蛇在作怪,只有把那条蛇拿出来,她的病才会好。拿出蛇的唯一方法是,煮一大锅热牛奶,把公主倒挂在奶锅的正上方,使她的鼻子正好接触到热奶的蒸气。还有,公主被倒挂之前,让她多吃一些咸鱼,这样蛇就会感到口渴……”

蛇的话还没有说完,豺狗突然发现有人朝它们走过来。于是,它说:“快躲起来,有人手拿斧头朝我们这儿走来。”

尤素夫正聚精会神地听着蛇、鼠、豺狗的对话,见哥哥阿赫德尔走过来,便立即躺下,闭上眼睛装睡。哥哥阿赫德尔以为时机已到，憋足了劲儿抡起斧头朝弟弟砍去。一连砍了几斧，尤素夫顿时全身鲜血直流，挣扎几下就昏过去了。阿赫德尔确信弟弟已命赴黄泉，这才下山回家去了。到了家，他把害死弟弟的事情向妻子述说了一遍。他们以为除掉了尤素夫，这个家就是他们俩人的，可以自由自在地过日子了。

再说尤素夫。他醒过来后，便向水塘里爬去，奇迹就在这时出现了。当他一栽入水中，伤口立即愈合。第二天清晨，他醒来的第一件事就是直奔皇宫而去。天黑前他进了城，找了一家客栈住了一夜。等到天亮，他自已收拾一番，装扮成江湖郎中来到皇宫前，声称他能医治好公主的病。国王对治好女儿的病早已失去了信心，“江湖郎中”的话使他看到一线希望，便同意他进宫给公主治病。照尤素夫的吩咐，国王叫侍卫们在后花园安置一口大锅，灌满牛奶，锅底下点燃柴火，奶锅旁边还摆放了一堆棉絮，又叫公主吃下许多咸鱼。一切都准备就绪，尤素夫吩咐两个侍卫把公主倒挂起来。这时只见尤素夫手戴着铁手套站在奶锅旁边。过了一会儿，奶锅烧开了，热气腾腾的奶香味儿弥漫开来。这时，只见一条蛇从公主嘴里钻了出来，接着它慢慢地朝奶锅的方向滑去。看见蛇的半个身子都伸了出来，尤素夫一个箭步上前抓起蛇，将它摔死在地上。可怜的公主，口吐鲜血，当场昏过去。尤素夫赶忙吩咐人把公主放下来，安置在棉絮上送回屋里。

清晨，公主苏醒过来，她的病终于好了。国王欣喜若狂，便赐给尤素夫皇室成员的称号。

一天,尤素夫带着皇家的大队人马去寻找蛇守护的藏宝地。尤素夫和大队人马经过一棵大树下时,有声音传来:“来吧,就等您来了,把您托管的财物拿回去吧。”众人寻声看去,只见一条蛇朝他们爬来。有人要打死它,尤素夫上前一把拦住,说:“它是我们宝物的守护者,不要伤害它。”很快,埋在树下的宝物被挖了出来,全部运回了皇宫。国王见尤素夫对自己忠心耿耿,决定收他为养子。新王子仁慈而公正,尤其善待穷人,他的为人远近闻名。

再说哥哥阿赫德尔,他的日子越过越艰难。一天,妻子满脸不高兴地说:“我们真晦气,日子过得如此清贫,听说有一个王子经常赈济穷人,我们干吗不去试试看?”阿赫德尔对老婆的话言听计从,他们第二天就一块去了。

他们到时,正赶上王子亲自给穷人散发施舍物。王子发现哥哥和嫂子站在接受施舍的人群里,立即示意士兵把他们带到皇宫的驿馆里。

夜晚,在驿馆里,皇家剧社上演话剧。舞台上,只见水塘边有两个人,一个在睡觉,另一个举起斧头朝睡着的人身上连砍几下……被砍伤的人摔入水塘,水塘的守护神——蛇说:“这个人的伤口在神秘的水里不仅能愈合,而且他将得到一大批埋在一棵大树下的财宝,成为王国的继承人。”

看到这里,阿赫德尔想起了他砍杀弟弟的情景。他对妻子说:

“我们不要施舍了，赶快逃命吧。”

“你昏了头！”妻子说。原来她正在琢磨着如何去水塘边挖宝，阿赫德尔的话打断了她的思路，她不免有点儿生气，但是她还是接着说：“我们拿到王子给的施舍物，再去蛇守护的水塘看看。”

王子派了专人侍候他们，但是，他们还是趁人不注意溜出了皇宫，朝神秘的水塘边跑去了。

水塘边，三个神秘的“朋友”正在谈论着人世间的善恶……豺狗看见阿赫德尔夫妻俩朝它们走来，对其他两位“朋友”说：“别让他们跑了！”它的话音刚落，蛇便扑上去咬了阿赫德尔和他媳妇，顷刻，俩人躺倒在地，抽搐了几下就断了气。老鼠跟着上去摘下他们身上的首饰。豺狗对蛇说：“哥们儿，公主的病好了以后，我再没有吃到美味了，你咬死他们俩，足够我吃好几天的。”但是，蛇一直在想：这对夫妻中哪个人最残暴？最令人痛恨的，是丈夫还是妻子？

最大的傻瓜

有一个地主把自己的财产和土地分给了两个儿子，不久就离开了人世。说来也怪，大儿子的土地年年丰收，他家的粮仓有吃不完的粮食；小儿子的土地年年遭灾，洪水把他的庄稼冲得颗粒不收。

一天，正午时分，哥哥苏海尔坐在窗前吃饭。他看见弟弟马利克正在烈日下挥镐刨地，便吩咐用人用银碗盛上几碗饭送过去，并且说："银碗就不要拿回来了。"

马利克有几天没有吃饱饭了，见到饭就狼吞虎咽地吃了起来。饭后，他把碗放在一边，又去做别的事了。傍晚，他回到家躺在床上要睡觉，这才想起了银碗还放在地里，急忙起身，摸着黑去地里找银碗。

还没走到地里，他就看见银碗在黑夜里发出闪烁的亮光，旁边还有一位老者站在那里。他走过去问道："您是谁？"

"我是命运，是你哥哥的命运，我在这儿守护着这几只银碗。"

马利克吃惊地问道："您是我哥哥的命运，那您能告诉我，我的命运在哪儿？"

命运听罢，哈哈大笑，随即说："你的命运还沉睡在大海的彼岸。"

"那我怎么才能到达那里？"马利克进一步追问。

"只要有勇气，到达那儿并不难。"命运回答说。

"好吧，"马利克说，"您在这儿继续看着这几只银碗，明天早晨我哥哥会来取的，我这就去找我的命运。"

几天来，马利克一直奔波在崇山峻岭之中。一天，马利克路遇一只大老虎，老虎瘦得只剩皮包骨头，趴在地上一动不动，好像就要断气似的。老虎看见马利克便问："先生，您去哪儿？"

"我去找自己的命运。"马利克回答说。

"年轻人，你要去唤醒自己的命运，劳驾你顺便也帮我问问，怎么才能治好我这个要命的头疼病，它把我折磨得死去活来。"老虎说。

马利克答应了老虎的请求，继续往前赶路。晚上，他来到一棵大树下，准备靠在树上睡一会儿，突然发现这棵大树的一半完全枯黄，另一半则郁郁葱葱。大树染的是一种莫名其妙的怪病，十分痛苦，它对马利克说："年轻人，你要去唤醒自己的命运，也请你帮我问问，我的病什么时候才能好呢？"

马利克答应帮大树问个明白。第二天，天一破晓，他爬起来继续赶路。翻过几座大山,眼前是一望无际的大海,大海挡住了他前进的道路,浩瀚的水面上见不到一只行船。他非常失望,转身就想往回走。就在这时,传来一个声音:“年轻人,不要泄气!”

马利克四处望去,不见一人。正在他纳闷儿时,海岸边又传来了同样的声音,同时他发现脚下有什么东西在动。仔细一看才发现,他不小心踩在一条大鱼身上,这条庞然大物拖着虚弱的身体,艰难地对他说:“年轻人,你要去唤醒自己的命运,麻烦你帮我问一下,我得了一种奇怪的病,别说吃东西了,就连呼吸都感到十分困难,我怎么才能摆脱这种病的折磨?只要你能帮我,我这就送你去对岸。”

马利克答应了大鱼的请求,在大鱼的帮助下,他顺利地来到对岸,继续他寻找命运的计划。但是,他那沉睡的命运在哪儿?怎么才能找到呢?

他一连找了几天,毫无收获。一天,他疲倦得睡着了。梦中,他又看见那个守护银碗的老者。老者面带微笑出现在马利克的面前。马利克见到老者,便跪倒在他的脚前,恳求说:“先生,您是在考验我呢,还是跟我开一个可怕的玩笑?看在真主的分上,请告诉我真实情况吧!”

老者笑了笑,说:“我就是命运,这一切都是对你的考验,你经受住了考验,现在你想要什么就会得到什么。”

马利克说:“我想比哥哥更富有。”

“还有别的愿望吗?”命运又问。

马利克说:“在来的路上,有一只老虎要我帮忙问一下,它头疼的毛病怎么才能治好?”

“只要吃了一个蠢人的大脑,它的头疼病就能治好。”命运说。

“先生,有一棵树也托我问一下,它的一半身子为什么会枯黄?”马利克问。

“它的根下埋有七件宝物,如果有人把宝物挖出来,树就会重新葱郁起来。”命运答道。

“送我到这里的是一条大鱼,最后一个问题是替它问的,”马利克说,“大鱼问它喉咙的病怎么才能根除?”

“大鱼喉咙里卡着一颗宝石,这是它生病的根源,只要让它把宝石吐出来,它的病痛就会消失。”

问题都问完了,马利克这时才想到自己,于是问道:“回家的路途漫长而艰难,我什么时候才能走完?”

命运一阵哈哈大笑,然后说:“先生,我会一直陪伴着你,为你排除一切困难。起来,我们准备上路吧。”

听了命运的话,马利克揉揉眼睛,一骨碌爬了起来。听到海岸边大鱼的呻吟声,他面带笑容来到大鱼跟前,踩在鱼背上又回到大海的对岸。他从大鱼背上走下来,告诉大鱼:“你喉咙里有一颗宝石卡在那里,把它吐出来,你的痛苦就没了。”

大鱼用力一吐,果然是一颗亮晶晶的宝石。大鱼对马利克说:

“年轻人,这颗宝石归你了。”

但是,马利克以感谢的口吻说:“我有命运伴随,不需要你的宝石。”说完,他继续往前走去。

马利克来到大树前,大树叫住他,说:“先生,把治疗我病痛的药方留下再走吧!”

“你的根下埋有七件宝物,挖出宝物你的那一半就会枯木逢春。”

大树恳求马利克说:“喂,好心人,你还愣什么?赶快动手挖吧,七件宝物全部归你所有。”

“我不需要什么宝物,”马利克说,“我有命运相伴,什么也不需要。”说完,他头也不回就走了。

最后,马利克来到老虎跟前,他对老虎说:“喂,大老虎,你只要吃了一个蠢人的大脑,头疼病就会消失。”

老虎亲切地把马利克叫到身边,说:“先生,说说你的旅行经历,让我也一饱耳福。”

马利克给大老虎讲述了大鱼和大树的故事,当他转身要走时,大老虎又说:“先生,你怎么叫我相信,你确实没有拿走大鱼的宝石和大树的七件宝物呢?”

马利克说:“现在有命运陪伴我,我还在乎什么呢?”

老虎说:“那好吧,让我们最后拥抱一次。”

当马利克和老虎拥抱时,只见命运捧腹哈哈大笑……

命运说道:“哎,森林之王,你一定是命运的亚历山大。比他更愚蠢的人还上哪儿去找呢?你就吃了他的脑袋吧,那就再也不会受头疼病的折磨了。”

纺车的歌

从前，斯利纳格尔城有一位颇有“名气”的婆罗门。他的出名除了因为他懂得占星术，更重要的是他是一位奸诈险恶的人，臭名远扬。人们送给这个身材矮小的胖子“黑心婆罗门”的绰号。他不仅脾气暴躁，而且还爱妒忌人。为了害人，他还专门学了巫术。

一天，他拿回家一小坛儿炒好的荠纳豆，把它顺手放在壁柜里，出门前叮咛女儿米娜①不要动小坛儿和坛里的东西。一会儿，外出串门的妻子回到家，拿起水罐要去打水。女儿米娜看见了，急忙抢过母亲手中的水罐去打水。匆忙之中她忘了告诉母亲，父亲不让动壁柜里的小坛儿。

妻子回到屋里，看见壁柜里有一个小坛儿，伸手一摸发现小坛儿里装满了荠纳豆。馋嘴的妻子立即取出小坛儿，抓起豆子一个接一个地吃个不停。不一会儿工夫，一小坛儿荠纳豆全进了她的

---

① 米娜：乌尔都语的意思是“欧椋鸟”。

肚里。吃的时候,她只觉得好吃,竟没察觉到自己的身体在渐渐地发生变化,等发现时,她已变成一头母牛。女儿打水回来,一进家门看见一头肥壮的母牛冲着她走过来,吓得尖叫一声便跑了出来,在门口遇上父亲。黑心婆罗门一进家门,看见一头母牛便明白了家里发生的一切。他用绳子把母牛拴在院子里,然后把所发生的事情的原委告诉了女儿。转过来,他又对邻居们说:"我进城买牛去了,不在家,妻子自己去打水,一不小心掉进河里被水卷跑了。"

父女俩把秘密隐藏在心里,默默地过着日子。不久,黑心婆罗门又娶了一位妻子进门。这个女人心狠手辣,对米娜一百个看不顺眼。邻居们都知道,黑心婆罗门的新媳妇只疼爱自己带来的女儿,虐待漂亮娇嫩的米娜。这还不够,新媳妇还经常在黑心婆罗门面前说米娜的坏话。黑心婆罗门听信谗言,视米娜为眼中钉,经常动手打米娜。

一天,黑心婆罗门和妻子都不在家,米娜抱住母牛——实际上是她的亲生母亲的脖子,伤心地边哭边说:"妈妈,我实在忍受不了他们的虐待,我该怎么办才好?"

这时,只见母牛一边流着眼泪,一边说:"女儿,去找你姨妈吧,她没有孩子,她会疼爱你的。"说完这句话,母牛合上了嘴巴,闭上了眼睛,静静地等着女儿离去。

米娜离开自己的妈妈,来到姨妈家。姨妈和姨夫对她百般呵护,为了让她高兴,姨夫买了些礼物送给她,其中有一双金色的鞋让米娜爱不释手。有一天，米娜穿着金色的鞋到河边玩，不小心脚底下一滑，掉进河里。等她爬上岸时，发现脚上只剩下一只鞋，另一只掉进河里被水冲走了。碰巧，本村地主的儿子拉纳在河里撑船游玩，他看见水面上漂着一只漂亮的鞋，便伸手打捞上来。拉纳看到这只漂亮的鞋，不禁浮想联翩：能穿这么漂亮鞋的女子一定有闭月羞花之貌。他暗暗地爱上这个没见过面的女子，并吩咐手下人分头出去寻找鞋的主人。米娜的美貌和贤惠远近皆知，又有一双不寻常的鞋子，找到她自然不会太费工夫。拉纳很快找到了米娜，他们一见钟情，结为夫妻，俩人相亲相爱，日子过得美美满满。

拉纳不仅爱米娜，也非常敬重米娜的姨妈和姨夫，更是孝敬米娜的亲生父亲和继母。但是，继母却一直对米娜怀恨在心，她认为尽管自己女儿的一只眼睛瞎了，脸上长满了麻子，但她才是世界上最漂亮的女孩。看看米娜幸福美满的婚姻，再看看自己的女儿还没有嫁出去，嫉恨的怒火使她的心难以平衡。她秘密策划了一个罪恶的阴谋。她首先给女儿起了一个名字叫毕丽①，然后，指使毕丽给米娜送了几次鲜花以及其他东西，目的是取得拉纳的欢喜。当她们确信拉纳不再对她们存有戒心时，毕丽和她的母亲开始大胆实施早已策划好的阴谋。

拉纳知道毕丽是米娜的妹妹，是个恪守教规常戴面纱的清教

① 毕丽：乌尔都语的意思是“猫”，猫可以吞噬欧椋鸟。

徒。但是，他根本不知道毕丽的脸上长满了麻子，而且还是个独眼龙。一天，毕丽说服心地善良的米娜在回历十四的晚上独自出来，跟她一块乘船沿河到镇子那边赏月。

米娜哪里晓得毕丽的阴谋，她告诉拉纳说自己想独自撑船赏月。拉纳非常痛快地答应了，因为他相信自己的妻子。

十四的夜晚，米娜独自撑着乌篷船出来赏月，船刚拐出镇子，她就看见了毕丽。毕丽一上船就提出和米娜换衣服，米娜很痛快地答应了她的要求。毕丽换上衣服，趁米娜不注意一把将她推进河里，自己坐着乌篷船来到米娜家。穿着米娜的衣服，毕丽用面纱蒙着脸进入房间，关上门就哭了起来。拉纳闻讯，急忙从外边赶了回来。毕丽见拉纳回来，用面纱捂着脸说："我在船上遇到一群女妖，她们把我团团围住，一个女妖挖掉了我的一只眼睛，一个把我的脸抓成了麻脸。我现在变得太丑了，没法给你看……"

拉纳听到这里，如同五雷轰顶。但是，他努力克制住自己，说："米娜，相貌代表不了一个人的心，你爱我的心没有变，我爱你的心也不会变，我会永远爱你的，米娜！"

事隔几天后，一次拉纳撑船来到河上，当船行至米娜落水的地方时，水面上突然出现一朵荷花，只见花茎渐渐伸长，荷花不断地朝拉纳点头。拉纳刚要把船划开，就看见荷花马上枯萎凋谢。拉纳见此立即划了过去，荷花又重新鲜活起来。拉纳摘下荷花带回家。说来也怪，只要拉纳在荷花的旁边，荷花就鲜亮可爱，否则就蔫头耷脑。拉纳喜爱它，时刻把它带在身边，连晚上睡觉时都放在枕头旁边。

毕丽讨厌这朵荷花，趁拉纳不注意，把荷花从窗户扔了出去。荷花被站在窗外的梅花鹿吃了，毕丽还不解恨，又借机杀了鹿。鹿的鲜血滴在地上，当天夜里长出一棵倭瓜苗，藤上结出一个硕大的倭瓜，吸引着街坊邻居都来观看。这天夜里，拉纳做了一个梦，梦里米娜让他把这个倭瓜送给住在镇外茅草房里的那对穷苦夫妻……

第二天，拉纳吩咐用人把倭瓜送到梦里米娜告诉他的那个地方。这阵子，老两口天天做梦有好事，见拉纳的用人送来一个大倭瓜，就把它随便放在房间的角落里。到了深夜，倭瓜自己慢慢地裂开，从里边走出一位美丽的少女。她走到老人身旁叫了声“爸爸”“妈妈”，就去织布机前，说道：“今天我要为你们织出世界上最漂亮的布来。”

少女操作着织机，织梭像小鸟儿一样在她的两只手上飞来穿去。她一边织布，一边哼歌，哼的是她自己的悲惨经历，唱出了米娜的故事。她的声音委婉凄凉，饱含着米娜的热血和泪水。歌声穿过沉闷的夜空，传到了拉纳的家里。当天夜里，拉纳的心情很不平静，泪水禁不住地流下来。

天一亮，拉纳派人给米娜的父亲和继母传来口信，让他们牵着那头母牛一块儿来，还请了住在镇外茅草房里的老夫妻和他们的女儿。该来的人都到了，黑心婆罗门见势不妙便把实情讲了出来，在众人的斥责下，他念了一段咒语使米娜的亲生母亲重新变成了人。毕丽和她的母亲被关进牢房，受到了应有的惩罚。最后，拉纳当着众人的面揭开了倭瓜少女的秘密，可爱的米娜又回到了拉纳的身边。

聪明的公主

有一个国王，他有七个女儿。国王视七个女儿为掌上明珠，对她们倍加呵护。

国王时常想出一些新招儿逗女儿们玩。一天他想，我有七个女儿，没有儿子，我爱她们胜过儿子，可我不知道，她们是不是也像我爱她们一样爱我。想到这里，他把女儿们叫过来，让她们站成一行。

“亲爱的女儿们，”国王说，“你们能打个比喻，觉得父王像什么吗？”

大女儿说：“我觉得您像苹果一样甜。”

二女儿说：“我觉得您像波尔糖那么甜。”

三女儿说：“我觉得您像玫瑰甜点那么甜。”

四女儿说：“我觉得您像古拉甘德点心那么甜。”

五女儿说：“我觉得您像巴鲁沙禾点心那么甜。”

六女儿说：“我觉得您像豆面点心那么甜。”

最后小女儿说:“父王,我觉得您像盐一样好。”

国王正洋洋得意听着女儿们对自己的赞美,突然听到七女儿把自己比喻成盐,顿时勃然大怒。他说:“愚蠢的丫头,你把我比喻成盐,我就那么渺小,那么微不足道吗?”说完,他对仆人说:“把这个不孝女儿给我撵出皇宫,让她到荒凉的沙漠里待着去吧!”

遵照国王的命令,仆人把她带到了一个荒无人烟的地方。公主疑惑不解,她到底说错了什么,国王这样惩罚她?她坐在荒原上,对这突如其来的灾难痛苦万分,为自己的不幸伤心落泪。

当公主处于绝望之时,来了一个砍柴的老汉。他看见一个漂亮的姑娘独自坐在荒原上,猜想会不会是妖怪乔装打扮成的美女,要是真的话,自己就没命了。可是他实在不忍心让一个可怜的姑娘坐在这么凄凉的地方。于是,他走上前问道:“姑娘,你是谁?怎么一个人坐在荒郊野外?是迷路了吧?需要我帮你吗?”

公主看到一位老人,真是喜出望外,但是,她突然哭了起来。她一边痛哭,一边诉说着自己的不幸遭遇。老汉十分同情她,慈祥地摸着公主的头说:“孩子,不要伤心。真主赐福,我老两口无儿无女,能收你做女儿确实是我们的福分。从今天起,你就是我们的女儿了,起来跟我回家去吧。”从此,公主和砍柴老人夫妻相依为命。老人无微不至地关怀公主,千方百计地让她高兴。

公主十分聪明,她把首饰陆续给了砍柴老人,让他拿到市场换成钱,盖一处新房子。老人按公主的意愿盖了房子,他们三人搬进去住下。

一天中午,天气十分炎热,他们三人正在休息,突然传来敲门的声音。砍柴老人出来开门,只见一个人站在门口,他嘴唇干裂,疲惫不堪,像是来讨水喝的。老人回到屋里对公主说,有一个过路人要讨口水喝。公主说:“您让他进来,给他点儿水喝,再叫他在这儿歇会儿。”

老人把来人带进屋里,让他坐在床上,对他说:“大兄弟,稍微休息一会儿,我给你拿水喝。”这时,公主在另一间房子里,无意中抬头看了一眼,不禁一愣,原来此人不是别人,正是她的父王。她猜想,一定是父王出来狩猎迷了路。于是,她把老人叫过来,并低声跟他说了几句话。

老人把水递给那人,并对他说:“我女儿希望客人以后再来,她还要请您吃饭呢。”

国王欣然接受了,并说:“我星期五一定来。”

星期五到了,公主准备了丰盛的饭菜,但是,所有的饭菜里都没有放盐。饭菜做好后,她又穿上华贵的衣服,这些衣服是打那日见到国王后做的。

今天,公主为了不让国王辨认出来,她头戴面纱,把脸严严实实地遮盖起来。国王带着大臣们来了,公主上前把客人们迎进屋里。桌子上摆满了各式各样的菜肴。为招待国王,公主屋里屋外忙个不停。不料,她的衣服引起国王的注意。国王心里一直在琢磨着：一个普通樵夫的女儿怎么会穿着和公主一样的衣服？家里的摆设怎么会和皇宫的极其相似？

就在国王疑惑不解之时，公主十分有礼貌地说："陛下，饭都准备齐了，请您用餐。"

国王看见摆在桌子上的佳肴，更是大为惊讶，因为，所有的菜肴跟皇宫里的一模一样。他吃了几口，发现所有的菜都没有咸味，实在吃不下去。

公主有意问道："陛下，您怎么不吃了？看样子，您是不喜欢我们穷人家的饭菜。"

"不，不是这么回事，孩子，"国王说，"所有的菜都如同皇宫里的菜一样好吃，只是你可能忘了在菜里放盐。你知道，缺少盐，一切都淡而无味。"

"盐是最渺小、最微不足道的东西，即使缺了这种东西，大概也不至于淡而无味吧？"公主反问道。

公主的话使国王十分震惊，他想起了小女儿的话。

"你是谁？孩子，你的话很有道理。"国王说。

"我就是那个愚蠢不孝的女孩，她把您比喻成盐，使您龙颜震怒。当时您觉得我的话不中听，未想到今天菜里没有盐，您就觉得无法吃下去。"说到这里，公主揭开面纱。

国王认出面前这个女孩正是被自己撵出皇宫的小女儿。于是他激动地说："我的女儿……"然后父女俩紧紧拥抱在一起。

国王找到了女儿,十分高兴,但是,他又为自己的过错而感到忏悔。他对公主说:“我聪明的女儿,那次你的回答是正确的,父王冤枉了你。”说到这里,国王想求得女儿的谅解,将她带回皇宫。

但是,公主执意不肯,她说:“我的父母是砍柴老人,是他们救了我,并且给了我新的生命。他们爱我,供我吃用,但从不希望我把他们比作什么。我当然也爱他们,要跟他们一起生活在这里。”

当老夫妻俩知道他们收养的女孩是一位公主,面前的客人是国王时,感到十分惊恐。虽然他们收养公主这么久,舍不得让她离开,但是为了他们父女团圆,还是说服公主跟国王回去了。国王为了感谢老人,赏赐他许多钱财,还给他加封了官爵。

国王带着公主回到皇宫,王后和其他公主看到她安然无恙地回来了,都非常高兴。

鲁比与伯斯德

有一对鸟儿在皇宫的屋檐下筑巢，它们还抚养着几只小鸟儿。有一天，雌鸟突然死了，雄鸟又带回来一只雌鸟照看小鸟儿。可是，这只雌鸟十分厌恶这群孩子。一天，它趁雄鸟不在，啄死了所有的小鸟儿。这一切都被住在这座宫殿里的王后看见了。触景生情，她十分惆怅与悲伤，心想：如果我死了，国王一定会另娶，那女人一定会像这只雌鸟一样伤害我的孩子。

王后有两个儿子，大儿子叫鲁比，小儿子叫伯斯德。一天，王后把国王叫到后宫，让他保证在她死后决不再娶，国王答应了。

过了一些日子，王后真的离开了人间。那些惯于溜须拍马、阿谀奉承的大臣和侍从天天劝国王："陛下啊，您总不能就这样孤身一人生活一辈子，还是再选一位夫人吧。"

起初国王执意不肯，日子一长，他禁不住这些人的劝说，也就同意了。但是，他命令手下再修建两座宫殿，一座给两位王子住，一座给新王后住。

一天,两位王子和伙伴们在自己的宫殿内玩球,球落到隔壁新王后的宫殿里。伙伴们对王子说:“那也是你们的家,你们去捡吧。”鲁比让伯斯德去捡,可他不肯去,鲁比只好自己去捡。王后特别喜爱鲁比,她见鲁比独自一人来到自己的宫殿里,便迎上前,紧紧地将他搂住。

鲁比说:“你是我的母后,这样做不合适。”说完,他从王后手里拿过球就要跑,可是,又一次被王后紧紧地抱住。他奋力挣脱,这才跑出宫来。

遭到鲁比的拒绝,王后变得狂怒。她解开发卡,披头散发,在墙上碰来撞去,接着在地上胡乱踢了一通,然后趴在床上大哭起来。被王后收买的宫女立即禀报国王。国王来到后宫,王后装得更像,她一边抽泣,一边诉说:“你儿子不怀好意,闯进宫里对我非礼。”受王后恩惠的宫女当场做证,国王听罢大怒,命令宰相立即处死两个孽子,并让宰相把他们的首级送进宫里。

事到如今,宰相后悔当初也曾劝说国王另娶妻室。他心里琢磨,已故王后看到鸟窝里发生的悲剧今天却发生在两位王子的身上,无怪她临终前要国王保证,在她之后不要再娶。

宰相对两个王子说:“国王要处死你们,赶快逃命吧。你们快跑,我朝相反的方向追。”

在宰相的帮助下,两位王子离开了自己的国家。太阳落山时,他们来到一棵树下,鲁比对弟弟说:“我们轮换着休息,你前半夜先睡。”为逃命跑了一天，伯斯德很快就睡着了。他在梦中梦见鲁比做了国王，而他自己嘴里每天吐出一颗红宝石。夜过大半，鲁比叫伯斯德起来放哨，自己去休息。可是不一会儿，伯斯德又迷迷糊糊地睡着了。就在伯斯德熟睡时，一条青蛇爬到他身上，咬了他一口，他当即中毒窒息。

清晨，鲁比在一片叽叽喳喳的鸟叫声中，睁开疲惫的双眼。当他发现弟弟被毒蛇咬死，顿时悲痛欲绝，泪水纵横。为安葬弟弟，他拖着沉重的双腿来到城里寻找工具、讨取裹尸布。

鲁比来到的城市，是一个国家的都城。几天前，国王驾崩。因他膝下无子，王位无人继承，临终前留下遗嘱：“我死后从王宫放出一只鹰，它落在谁头上，就由谁来继承王位。”鲁比一进到城里，鹰就落在他头上。众大臣立即蜂拥过去把鲁比抬上王座，毕恭毕敬地说：“陛下，从今日起，您就是我们的国王。”鲁比又惊又喜，以致把葬埋弟弟的事忘得一干二净。

伯斯德的尸体一直摆放在树下，一个苦行者和妻子从此路过。他们无儿无女。苦行者的妻子见树下躺着一位清秀可爱的少年，她流着泪对苦行者说：“你不想办法救救这孩子，我就不跟你走了。”

苦行者说：“别任性了，救他会给你带来麻烦的。”妻子执意不肯，无奈，苦行者只好让妻子捡来牛粪，他自己顺着蛇爬过的痕迹找到了蛇洞。他手拿牛粪，坐在蛇洞口，口中念起咒语。过了一会儿，一条蛇爬了出来，对苦行者说："你念的咒语使我全身像火烤一样，疼痛难忍，我求求你别念了，你要什么，我给你什么。"

苦行者说："你咬死一个男孩，只要你吸出他身上的毒液，我就放过你。"

毒蛇不答应，苦行者又念起咒语，毒蛇只好吸出伯斯德体内的毒液。伯斯德得救了，他拜苦行者夫妻为他的再生父母。

从这天起，伯斯德嘴里每天都会吐出一颗红宝石，苦行者也从此富裕起来了。有一天，伯斯德要一匹马，苦行者满足了他的要求。有了马，伯斯德每日骑马打猎。

一天傍晚，伯斯德追赶猎物来到哥哥鲁比的国家。只见城墙高耸，城门紧闭。伯斯德请求卫兵放他进城过夜，卫兵执意不肯。

原来国王有令，傍晚要紧关城门，以防城外的女妖怪钻进城里吃人。国王命令在全国张贴告示："谁打死女妖，公主就嫁给谁。"

卫兵不开城门，伯斯德只好把马拴在城门外，躺在地上过夜。夜半时分，女妖怪果然出现。伯斯德毫不畏惧，迎上去杀死女妖，然后就地躺下便睡。

天刚蒙蒙亮，宰相散步来到城门口，见女妖已死，旁边还躺着个人。他想：肯定是这个人杀死了女妖怪。他转念又一想：我为什么不对国王说是我打死女妖的？想到这里他拿定主意，接着就向熟睡的伯斯德下了毒手。霎时间，伯斯德变得血肉模糊，筋骨断裂。宰相以为伯斯德已死，就把他扔进了深坑。随后，宰相进宫禀告国王："陛下，我今天早上除掉了女妖怪，按照告示，公主该嫁给我了吧。"

这个国王不是别人，正是伯斯德的哥哥鲁比。他对前国王的女儿说："我已向全国许下诺言，谁杀死女妖怪，公主就嫁给他。依此，你就同宰相成亲吧。"

公主是个十分聪慧的女子，她对国王说："这么多年，我十分了解宰相，他一个懦弱之辈，怎么能打死这个威赫的女妖怪呢？我敢断言，这个女妖怪肯定不是他打死的。"公主的这一番话说得鲁比无言可答。

城门外，伯斯德躺在深坑里，被一个过路的陶匠发现。陶匠无儿无女，见一个遍体鳞伤的英俊少年躺在坑里，就把他救回家，收为养子。他为伯斯德清洗伤口，敷药包扎。伯斯德清醒过来之后，嘴里照例每日吐出一颗红宝石。陶匠有了钱，请来医术高明的医生给伯斯德医治伤口，很快伯斯德就恢复了健康。

一天，伯斯德身着华丽的衣裳行走在人街上，宰相在街上认出了他。宰相想：若把这个人留在城里，总有一天他会见到国王，那时我的事情就会败露。从那日起，宰相就开始寻找机会谋害伯斯德。

过了几天，宰相见国王情绪很好，便趁机说："陶匠的儿子是个专横跋扈、目中无人的家伙，常常无故闹事，刁难他人，应该把这个为非作歹的家伙关进监狱。"

国王听信了宰相的话，把伯斯德关入监狱。

这个国家的一个商人在城里买了大批货物，装好船准备起程，但是船怎么也启动不了。有人告诉他，只要在船头上涂抹一些人血，船就能开动。于是，商人求见国王，说：“陛下，请给我一个人祭船，我愿出大价钱。”

国王说：“我不能强迫臣民这样做，若有人愿意为钱财献命，我也不反对。”

商人四处张贴告示，寻找自愿祭船的人，但没有一个揭贴者。宰相发现这是一个机会，可以除掉他心头的隐患，于是，对国王说：“陛下，依我之见，关押在监狱里的那个陶匠的儿子是一个人选，他在牢里经常跟其他犯人打架斗殴，活着也是个麻烦，还不如把他交给商人去祭船好了。”

国王同意了。宰相把伯斯德交给商人，并再三叮嘱说：“一定要把他杀死。”

伯斯德被带上船，见商人正在磨刀，便问：“你这是干什么？”

商人说：“杀你！”

伯斯德说：“我视您为救命恩人，您为什么要杀死我这个无辜者，您为什么要背上无故杀人的罪名？”

商人说：“我只想让我的船开动，不在船上涂抹人血，船就走不了。如果你能想办法让它启动，我就不杀你。”

伯斯德用小刀在自己手上划了一条小口，把流出的几滴血涂抹在船头，又往河里滴了几滴血，船果然向前移动了。商人兴奋地跳跃起来，又假惺惺地把伯斯德收为养子，可是，他并没有忘记宰相的嘱咐。

一天，商人的船停泊在另外一个国家的海港。商人和伯斯德上岸观光，只见一扇门上写着“入内者，格杀勿论”，伯斯德不解其意，对商人说：“我一定要进去看个究竟。”

伯斯德活着本来就是商人的一块心病，这回有机会让别人除掉他，商人自然不会阻拦。

伯斯德走了进去，发现这儿简直就是天堂：缀满鲜花的树上鸟儿拍着金碧闪闪的翅膀，在娓娓动听地歌唱，簇簇色彩斑斓的鲜花在微风中摇曳，天鹅绒般的绿色草坪上坐着一位公主。公主见伯斯德进来，正要命仆人把他关起来，可是伯斯德的无所畏惧使公主感到莫名其妙。她追问起伯斯德的身世，伯斯德告诉了她。公主听罢，便对他产生了爱慕之情。伯斯德告诉公主商船停泊的地点，便回到船上。

公主把这件事告诉国王，国王命商人带他儿子来朝见。商人吓得魂不附体，以为准是伯斯德闯进花园惹出了乱子，国王要处死他们。

商人带伯斯德来到国王面前，国王很礼貌地让商人坐在自己身边，随之提出公主与伯斯德的婚事。伯斯德很快就与公主喜结良缘。从此，伯斯德就居住在王宫里，商人跟着伯斯德更是寸步不离。

住了一段时间,商人告辞了国王,带着儿子和儿媳出发外出经商。就在他们快要在鲁比国王的国家的海岸登陆时,商人想:如果宰相看见伯斯德,不就麻烦了吗?得想办法不能让他们见面。于是,他对伯斯德说:"今天你撑船吧。"

商人让伯斯德一连掌了两天舵,第三天由他自己来掌。伯斯德一连几夜没有合眼,又困又乏,上床就睡着了。商人认为现在是下手的好机会,于是,他把伯斯德装进一个大箱子里,扔进了大海。幸运的是,木箱不仅没有沉入海底,反而随船漂到了岸边,被一个正在洗衣服的洗衣工打捞上岸。洗衣工打开箱盖,见有人正在熟睡。洗衣工没有儿子,就把他带回家中。

商人自以为箱子沉入大海,他对公主说:"伯斯德死了,你就嫁给我吧。"

公主说:"儿媳岂敢做公公的妻子。"

商人绞尽脑汁,但是,始终没能把公主弄到手。

住在洗衣工家中的伯斯德对洗衣工说:"您今后逢人就说您自己是一位有造诣的长老,您的祝福、咒语能化危为安,能使困难迎刃而解。"

洗衣工按照伯斯德说的去做了,很快这位"长老"的名气传到商人耳边。他想通过长老的咒语使公主早日归顺与他。一天,应商人的邀请,洗衣工装扮成长老来给公主念咒。他趁商人不注意,便对公主说:“你丈夫还健在,就住在我家里。对商人你得逢场作戏,让他高兴点儿。”

公主照着洗衣工的话做了。商人确信洗衣工是个千真万确的长老,毫无戒备之心,洗衣工也以祈祷祝福为由接近公主。

同时,伯斯德又让洗衣工想办法去见国王。见到国王时,洗衣工说:“陛下,我的女儿会讲《鲁比与伯斯德》的故事,如果您想听,她随时可以来。”

洗衣工的话使鲁比想起弟弟伯斯德,他对洗衣工说:“我一定要听。你女儿什么时候来都可以。”

一天,鲁比和伯斯德的亲生父亲正在闭目养神。王后以为他睡着了,对宫女说:“我给了你那么多的赏钱,要你告诉宰相把两个王子的首级送来,就这点事至今还没办成!”国王听到王后这一番话,顿时想起已故王后的嘱咐,他拿起宝剑,杀死了王后和宫女,随即冲出宫去找宰相,他要救回两位王子。

走着走着,国王来到鲁比的疆土。路上,他遇见了正在寻找伯斯德的苦行者夫妻俩。当他们听说有一个洗衣工的女儿要进宫讲《鲁比与伯斯德》的故事,也就随人群进入皇宫。

公主对商人说:“我也要去皇宫听故事。”商人为了讨好公主就带她去了。

洗衣工的女儿头戴面纱,在故事开讲之前,她说:“我讲故事有一个条件,如果期间有人打断我的故事,我父亲就用鞋抽打他一百下。如果大家不反对,我现在就开始讲。”国王点头同意。

女孩开始讲她的故事,当讲到宰相在监狱里使用惨无人道的手段迫害伯斯德时,宰相忍不住说:“我没有残害他。”女孩当即说:“打他一百下!”讲故事期间宰相插话三次,每次都被揍了一百下鞋底,这是对他的惩罚。

故事讲完了,鲁比宣判凶残暴虐的宰相处以死刑,鲁比和伯斯德与亲生父亲终于紧紧拥抱在一起,失散多年的亲人又团聚了。

神奇的母牛

从前有一个农夫，他家里有三口人，即丈夫、妻子和儿子。夫妻俩十分恩爱，儿子生得聪明伶俐，一家人和和气气，日子过得十分美满。

天有不测风云，有一天，妻子突然病了。丈夫找郎中给她诊治，但是病情不见好转，而且越来越重。弥留之际，她最担心的是儿子的未来。她想：我死后，我的儿子会怎么样呢？如果有了后娘，不知道她会怎么待他？于是临死前，她把丈夫叫到跟前，对他说："你看，我快不行了，你得向我保证……"

"你说吧，我一定满足你的要求。"丈夫说。

妻子说："你得向我保证，我死后，你不再另娶。"

"我向你保证，你死后，我不再另娶。"

妻子去世后，丈夫和儿子一起过日子。他把所有的爱都倾注在儿子身上，从没有想到要续弦。再说，他没有忘记自己对妻子许下的诺言。但是，时间一长，他一个人确实有些支撑不住了。他要种地，要料理家务，还要照料儿子。最后，他还是违背了自己的诺言，又娶了一个妻子。

第二个妻子一进家门，家里的情况就发生了很大的变化。她带来一个儿子，她对自己的亲生儿子关怀备至，百般宠爱，而对待前妻留下的儿子百般虐待，稍有不对，就对他又打又骂。她给自己的儿子吃油饼和奶酪，给前妻的儿子吃残羹剩饭，甚至不让他吃饱，可怜的孩子每天只能忍饥挨饿。她给自己的儿子做新衣服，但是给前妻的儿子穿又脏又破的衣服。她让自己的儿子整天玩耍，却让前妻的儿子整天干活。每天，天刚蒙蒙亮，她就把他叫起来干活，要他放牛，割草，做家务活。但是他的父亲却假装看不见，他听信妻子的谗言，忘了前妻的话，甚至连儿子的死活都不管。

前妻的儿子就这样孤苦伶仃地打发着日子，他默默地忍受着继母的虐待，为自己的不幸伤心落泪。一天，他又像往常一样，把奶牛赶出去吃草。早上临出门时，继母连一块干馍也没给他吃。到了中午，他饿得直哭。站在他旁边吃草的母牛看到他哭，竟开口说话了。母牛问他："孩子，你为什么哭啊？"

男孩把继母如何虐待他，她给自己的儿子吃好的，不给他吃饱，今天竟连一块干馍也没给他，都说给了母牛听。母牛听后说："孩子，别哭了，我会帮助你的。你等着，我就来。"说完，它朝一个方向走去。过了一会儿，它回来了，它的背上放着一包甜食。它对男孩说："拿着吃吧，痛痛快快地吃吧。我每天都会给你一包甜食吃。”

男孩高高兴兴地吃了一顿甜食。这时，母牛又对他说：“记住，别对你的继母提起吃甜食的事，她要是知道了，会对你更凶。”

“我不会告诉她的。”男孩说。

从此，男孩再也不在乎继母给不给他吃的了。他每天赶着牛出去吃草，牛给他带来甜食吃。吃着新鲜和富有营养的甜食，他长高了，也长胖了。继母看到他健壮的身体，十分诧异。她给自己的儿子喝牛奶，吃美味，但是儿子并没有像前妻的儿子那样健壮。相反，她只给前妻的儿子吃干馍，他长得反倒健壮。她怀疑：一定是他在放牛时，偷喝了牛奶，才这样健壮。她把前妻的儿子叫来，质问他，打他。

傍晚，丈夫回来了，她说：“你儿子每天放牛时偷喝牛奶。”

“你怎么知道的？”丈夫问。

“你没看见，他越来越胖了吗？一定是他偷喝了牛奶，才会这样胖。”妻子说。

丈夫对妻子的话言听计从，他把儿子叫来痛打了一顿。男孩一再说“我没有喝牛奶”，但是他们根本不相信他的话。继母还说：“你偷喝牛奶，不敢承认，还撒谎。”

可怜的男孩有嘴说不清，他只好默不作声。继母并未就此罢休，她要监视他，要拿到证据，再狠狠地收拾他。一天，她对自己的儿子说：“今天你跟着他去放牛，看看他是不是在偷喝牛奶。”

然后她又对男孩说："今天你弟弟也跟你一同去放牛，你要照看好他。"

男孩根本不知道继母是派她的儿子来监视自己，他反而很高兴带继母的儿子一块儿去放牛。他想：两个人在一起，就不会那么寂寞了。

"好吧，我带他一块去。"男孩说。

他们牵着牛，一块走了。中午，母牛照常给男孩一包甜食，男孩让弟弟和自己一起吃。回家的路上，他对弟弟说："你不要告诉妈妈今天我们吃了甜食，更不要对她说我每天吃牛给的甜食。听我的话，我就每天带你来，给你甜食吃。"

继母的儿子当时保证不对任何人说，但回到家，便把一切都说了出来。继母听后，大发雷霆，把男孩痛打了一顿。然后她又来到牛圈，用木棒使劲抽打牛。她知道丈夫快回来了，赶紧躺在床上。丈夫一进家门，看见妻子蜷缩着躺在床上，知道一定是又出了什么事。她见丈夫回来，立即"我要死了，我完了"地叫个不停。

丈夫快步走到妻子跟前，问："你怎么了？告诉我，发生了什么事？"

妻子"哎哟，哎哟"地呻吟着，说："你不马上卖了那头母牛，我就不活了。"

丈夫吃惊地问："母牛把你怎么了？"

妻子痛苦地呻吟着，说："如果你不把母牛卖掉，从今天起，我就什么也不吃，也不喝了。”

丈夫安慰她说：“你不要担心，我明天就把它卖了。”

可怜的男孩听了父亲和继母的对话，心里十分难过。母牛是他唯一的依靠，没有了母牛他怎么办呢？到了深夜，他悄悄地来到牛圈，搂住母牛的脖子，哭了起来。母牛看见他抽抽泣泣的样子，心想一定又是继母打了他。它问男孩：“孩子，你怎么啦？为什么哭得这么伤心？”

男孩把发生的事都说给它听，并说：“他们明天就要把你卖了，又剩下我一个人了。”

母牛明白了，它安慰男孩说：“别担心，真主会帮助你的。”过了一会儿，它又说，“你快骑在我的背上，我把你送到一个谁也找不到，只有我们俩的地方。”

男孩很快爬上牛背，母牛带着他离开了家。他们走了整整一夜，最后来到一个没有人烟的地方。

男孩和母牛在一起十分愉快。牛吃草，男孩喝牛奶，喝不完的奶就倒在一个洞里。这个洞里住着一条大蛇，它是蛇中之王。自从男孩每天把奶倒进洞里，蛇王就十分纳闷儿，它想：是谁每天往洞里倒牛奶？对我这样仁慈的人会是谁呢？一天，它自言自语地说：“今天我得出去看看我的恩人，看看谁每天给我牛奶喝，而且一点回报都不要。”它爬出洞，看见一个男孩坐在附近，他的旁边有一头母牛正在吃草。蛇王明白了，一定是这头母牛。它爬到母牛的身边，对母牛说："这么长时间以来，你一直给我送奶喝，我十分感谢你。"说完这句话，它又朝母牛身边爬了几步，继续说："我是蛇王，我想报答你，告诉我，你有什么愿望。"

母牛听了蛇王的话，说："如果你想满足我的愿望，只有一个……"

"说吧，我一定满足你的愿望。你是我的恩人嘛。"

"我只想把这个男孩的衣服和头发变成金子的，让他从头到脚都发出金子般的光芒来。"

"放心吧，男孩一定会是这样。"蛇王说。

话音刚落，母牛就看见男孩从头到脚像金子一般发出闪烁的光芒。然后，蛇王爬回洞里。母牛和男孩依旧生活在一起。

时间过得很快，男孩长成了一个英俊的小伙子。一天，他站在河边梳头，几根金发掉落下来，他随手把它们扔进河里。这几根金发被一条鱼吞吃了，鱼又被一个渔夫捕了去。渔夫把鱼卖给了国王的厨子。厨子刨开鱼肚，发现里面有几根金发。这事传到公主耳中，她想这个长着金发的人一定非常英俊，于是，她对父亲说："这个人一定是个美男子，我要见他。"

国王拗不过自己的女儿，只好当即下令：想办法把这个长着金发的男子找到。

国王的厨子立即去市场找到卖鱼的渔夫，渔夫告诉他捕鱼的地方。国王让厨子带上几路人马，命令他们无论如何也要把长着金长的男子找到。他们一部分乘船去上游，一部分去下游。经过几天的寻找，有一条船来到小伙子和母牛住的地方。侍卫们在远处就看见小伙子金灿灿的头发和身体。为了万无一失，他们把船划到他跟前，对他说："我们的船搁浅了，你是否能下河来帮我把船推到岸边？"

小伙子不知道这些人是来抓他的，而推船只不过是个借口。他跳进河里，刚要伸手推船，便被船上的人抓住了。他拼命地挣脱，但是没有成功。他一个人怎么能抵挡住十几个人呢，最后他被捆住手脚带到皇宫。

小伙子被带到国王面前。闻讯赶来的公主一见到他，就产生了爱慕之情，小伙子也被公主的美丽所吸引，两个人很快相爱，不久便结为夫妻。小伙子连做梦也没想到，他的妻子会是一位公主，他会像一个王子一样生活在皇宫里。新婚使他忘记了过去，忘记了继母的虐待，忘记了这一切都是好心的母牛为他创造的。

一天，成为国王女婿的小伙子在吃甜食，他刚吃了一口，就感到有些眩晕，他觉得甜食的味道就如母牛给他的一样。这时，他想起了母牛，是它救了自己，是它使自己有了今天的幸福生活。他在心里自责：我怎么能在得意时忘记我的伙伴呢？是它帮助我摆脱了灾难。想到这里，他非常后悔，马上传来仆人，说："我要出去旅行，快为我准备东西。"

准备就绪，他带上仆人出发了。几天后，他回到曾经与母牛共同生活过的荒原。他四处张望，却不见母牛的踪影，只见不远处有一堆白花花的骨头。他想，这一定是母牛的骨骸，它已经死了。此时，他心里难受极了，情不自禁地说："但愿我不是那种忘恩负义的人！"后悔有什么用呢？他一边哭一边把骨骸收拾到一起，挖了一个坑埋了。他内疚地站在那里，嘴里不断地说："我忘记了自己的救命恩人，我该死。惩罚我吧！"这时，他拔出匕首朝自己的胸膛刺去。

"且慢！孩子。"有人叫道。

小伙子转过身一看，是母牛站在那里。他急忙跑过去搂住它的脖子，高兴地流下了眼泪。

母牛说："那堆骨骸是我用来考验你的。我想看看你的心里还有没有我，还爱不爱我。现在我知道，你还是爱我的，没有忘记我。"

"你跟我去皇宫里住吧。"小伙子说。

"不了，孩子，我的善事做到此为止，我完成了自己的责任。现在该看你的了，你要把善事一直做下去。"说到这里，它用慈善的目光看着小伙子，又接着说，"真主驱除了你所有的灾难，现在你要帮助那些穷苦人，要施舍他们，多做善事。"话音一落，它就朝着荒原的另一端走去。小伙子一直目送着母牛消失在茫茫的荒野之中。

话中有话

有一个乡下老汉每天清晨进城做工，傍晚回家。一天，从城里回来的路上，他遇见一个年轻人。年轻人看见老汉，先向他问好，然后说："老伯，您这是去哪儿？"

老汉说："我从城里回来，现在回村去。"

年轻人说："我也去那个方向，如果您不在意的话，带我一块儿走，一路上我们可以做个伴。"

老汉同意了年轻人的要求，他们一同朝村子走去。没走出多远，年轻人便说："老伯，路还很远，最好您背我一半路，我背您一半路。"

老汉听了年轻人的话很不高兴，他说："年轻人，你可真能想招儿，你能背动我，可我年已古稀，怎么能背动你呢？这不行。"

过了一会儿，他们来到一条河边。岸边长着酸枣树，上边结了不少的酸枣。一阵大风吹来，酸枣一个个地掉落到河里。年轻人说："老伯，这是噶因树吧？"

老汉瞪了他一眼,说:“傻瓜,这不是噶因树,是酸枣树。”

年轻人反驳说:“不,是噶因树。”

两人为此争得面红耳赤。

最后,老汉说:“你这小伙子不懂装懂,还强词夺理,我不和你一块走了。”说完,老汉独自朝前走去。

不一会儿,老汉觉得太闷,又招呼年轻人一块走,两人又走到一起。这时他们来到一块田边,农民正在播种。年轻人说:“老伯,这些人现在就吃完了庄稼,以后还吃什么?”

老汉说:“小伙子,你真傻,他们那是在犁地播种,等到庄稼成熟了,收回家做成饭才能吃。”

说着说着,他们来到了老汉的村庄。年轻人对老汉说,他想在村里住一夜,老汉便把他带到村里的清真寺住下。

老汉回到家,女儿见父亲比平时回来得晚,就问他为什么。老汉说:“路上碰见一个傻得非常可怜的年轻人,他提了不少令人发笑的怪问题,跟他一块儿走耽误了一点儿时间。”老汉便把一路上与年轻人所争论的事说给女儿听。

“我觉得他挺聪明。”女儿说。

“你先别说他聪明还是傻,我看你倒是变傻了。”老汉说,“你说,他的那些话句句牛头不对马嘴,是聪明人说的话吗?”

“父亲,”女儿说,“那个年轻人跟你说:‘您背我一半路,我背您一半路’,这句话的意思是路很长,前半段路你讲故事,后半段路由他来讲,这样走起路来就不会感到寂寞和疲劳,不知不觉就能走到家。第二件事,他看到大风把河边酸枣树上的酸枣刮进河里,他坚持说河边生长的是噶因树。他的意思是,酸枣掉进河里都浪费了,同噶因树不结果实没有什么区别,因为它掉进河里,顺水流走了,谁也拿不到手。第三件事,他的意思是,如果他们借钱来耕种,那么,就等于播种之前就把秋天的粮食吃完了;如果用自己的钱播种,将来的收获是自己的,是粮食的主人,收获时才吃。父亲,您说的那个年轻人住在哪儿?"

"住在清真寺里。"老汉说。

"他是我们家的客人,应该打发人给他送些饭去。"女儿说完,赶忙做了四张油饼,上边放了许多香喷喷的烤肉。她嘱咐送饭人把饭送到清真寺,并捎去她的口信:十四的夜晚,月明星繁,清真寺拐角处有塔四座。

送饭人路上吃掉了一张饼和不少的肉,把剩下的三张饼和一点儿肉交给了年轻人,并把姑娘的口信说给这个年轻人听。年轻人听了姑娘的口信,看了一眼饼和肉,让送饭人传话:十四的夜晚,月明星疏,清真寺拐角处有塔三座。

姑娘听了送饭人带回的口信,便明白了送饭人吃了一张饼和许多肉。她把送饭人痛骂了一顿。然后让父亲把年轻人叫到家里。从此,年轻人和老汉一起种田。由于他们聪明能干,他们家很快富了起来。过了一些日子,老汉把女儿许配给年轻人,并说:"这个年轻人的确聪明勤奋。"

三 个 问 题

一个村庄里住着兄弟俩。弟弟穆罕默德非常穷，日子过得很苦；哥哥马力克很有钱，生活极为奢侈。虽说他们是亲兄弟，但哥哥却从不接济弟弟，而且还说："贫穷是他命中注定的。"

弟弟穆罕默德对他的话总是默默地听着，他又能说什么呢？可怜的他一年到头拼命地干活，收获的粮食只能勉强糊口。斗转星移，日子就这样一天天地过去了。一天，穆罕默德突然想：我干吗不去别的地方碰碰运气呢？也许真主会改变我的命运，让我也能挣很多钱。经过几天的思考，他终于走出家门，去碰运气了。他暗下决心，不获成功，决不回来。

穆罕默德毫无目标，朝着一个方向连续走了几天几夜。累了就坐下来休息一会儿，天黑了赶到什么地方，就在什么地方过夜。一天，他来到一个工地，这是给国王修建宫殿的工地，瓦匠、木匠和艺人忙得不亦乐乎。瓦匠们垒好一道墙，又去垒另一道墙，奇怪的是，当第二道墙快要垒好时，先前垒好的那道墙就倒塌了，瓦匠们回过头来再垒第一道墙；当第一道墙快垒好时，第二道墙又塌下来了。就这样反反复复，瓦匠们垒了几个月，也只垒出一道墙。问题出在哪里？谁也搞不清楚。国王十分着急，于是问道：“这到底是怎么回事儿？”

穆罕默德看到这种情形，感到非常奇怪，站在那儿直发愣。

国王看见了，问他：“喂，陌生人，你是谁？要去哪儿？”

他回答说：“国王陛下，我是一个穷农民，要去别的城市碰碰运气。”

“哎，好心的小伙子，”国王说，“你要是能达到目的，一定别忘了我。”然后他又压低声音说，“顺便为我打听一下，为什么这墙就是垒不起来？垒一道，另一道就塌了？”

“国王陛下，我会尽力的。”穆罕默德答应了国王的要求，又继续赶路。

一天，他来到一条大河边。这会儿他有点累了，就坐在河边休息。看着宽阔的河面，他发愁怎么能到对岸去。在他愁眉不展的时候，有一只大乌龟从河里爬了上来。

乌龟问：“哎，过路人，你是谁？要去哪儿？”

“我是一个穷农民，要去别的城市碰碰运气。”穆罕默德回答说。

听了他的回答，乌龟说：“朋友，你要是达到了目的，一定别忘了我这只可怜的乌龟。”说到这里，它爬到穆罕默德的身边，接着说，“我生活在冰凉的河水里，但是我的胸腔里时时刻刻就像有一团火在燃烧，难受极了。请你为我打听一下，这是什么原因？”

穆罕默德答应了乌龟的请求，对它说：“你放心吧，我一定为你打听清楚。”说完，他又继续赶路。

一日，穆罕默德来到一棵李子树下，树上挂满了熟透了的李子。他觉得有点饿，想摘几个充饥，于是，他就摘了几个。他拿起一个就吃，可是李子又苦又涩，他随手就扔掉了。接着他又吃第二个，还是又苦又涩，只好又把它扔掉。他一连尝了几个，竟然没有一个李子是甜的。他生气地要上前折断树枝，并且说道：“像这样的苦李子树还要它干什么？不如把它连根拔掉，免得叫别人像我一样上当。”

但是，当他要动手折断树枝时，李子树开口说话了。它说：“非常遗憾，凡是吃我的果子的人都这样说，我自己也很苦恼，不知道为什么我结的果子都是苦涩的？”接着，它又对穆罕默德说，“哎，好心的小伙子，你是谁？要去哪儿？”

“我是一个穷农民，要去别的城市碰碰运气。”穆罕默德回答说。

李子树说：“朋友，如果你达到了目的，千万别忘了我，帮我问问，为什么我的果子又苦又涩？”

穆罕默德答应了李子树的请求。又继续赶路。

穆罕默德又走了好几天，来到一片大森林发现了一座茅草屋，想进去休息一会儿。他进了茅草屋，看见一个老人正在酣睡。这个老人是一个游方僧，他要在这里沉睡十二年，醒来之后十二年不用睡觉。穆罕默德到达时，他已经睡了十二年，快醒了。

当游方僧醒来时，他看见一个陌生人站在跟前，就说："孩子，你在我睡觉的时候还陪着我，我很喜欢你。请告诉我，你是谁？要去哪儿？"

穆罕默德说："老伯，我是一个穷农民，要去别的城市碰碰运气。"

游方僧仔细看了看穆罕默德，慈祥地抚摩着他的头，说："行了，别再往前走了，从来的路上回去吧。"

穆罕默德恳求说："老伯，我在来的路上曾答应帮助别人请教三个问题，问题还没有解决，我哪能回去呢？"

游方僧问："哪三个问题？"

穆罕默德叙述了一路上遇到的事，他说："您能先告诉我为什么那个国王的宫殿就是建不起来，几个月的时间只垒起一道墙吗？"

游方僧说："这个国王有一个女儿，到了结婚的年龄，但是，国王到现在也没有把她嫁出去。只要她不嫁出去，国王的宫殿的墙就垒不起来。"

"乌龟生活在冰凉的河水里，但是它的胸膛里总像有一团火在燃烧，这是为什么？"穆罕默德接着问。

“它太自私了，”游方僧说，“真主赐给它智慧，但是它始终把智慧藏在胸中。你告诉它，把智慧的一半分给别人，胸膛就不难受了。”

穆罕默德又提出第三个问题，他说：“请您告诉我，为什么那棵李子树上的李子又苦又涩呢？”

“因为这棵李子树下埋着宝物，只有挖出来，它的果实才会变甜。”游方僧回答道。

穆罕默德得到了三个问题的答案，他向游方僧表达了感激之情，然后踏上了返回的路程。他首先来到李子树跟前，李子树立即问道：“好心的小伙儿，我的问题找到答案了吗？”

“是的，我知道了其中的原因。你的根部埋有宝物，它使你的果实又苦又涩，只要把宝物挖出来，你的果实就变甜了。”

听到这里，李子树央求穆罕默德说：“朋友，看在真主的分上，你快把宝物挖出来拿走，我一生都会记住你的大恩大德。”

穆罕默德当即挖了起来，刚挖了几下，就有一个箱子露了出来。他把箱子拿出来打开一看，里边装满了金银珠宝。他带上这些宝物，告别了李子树，又往前走。

当他回到河边时，看见乌龟正在那儿等他。乌龟见到穆罕默德，急不可待地问：“朋友，你为我打听了吗？为什么我的胸膛里总像有一团火在燃烧？”

“我帮你问过了。”穆罕默德说。

“那是什么原因?”乌龟焦急地问。

“真主赐给你智慧,但是,你却把它深藏起来。你不把其中的一半智慧分给别人,你就要永远遭受折磨。”

听到这里,乌龟爬到穆罕默德的身边,小声地对他说:“那好,我把其中的一半分给你。”

穆罕默德离开了乌龟,继续往回赶路。最后,他来到国王的建筑工地,看到瓦匠们还在垒墙,情况依然如旧。

国王看见穆罕默德回来了,高兴地问道:“喂,好心的小伙子,你帮我问了没有? 为什么宫殿的墙垒不起来?”

“我问过了。”穆罕默德说。

“那快点说给我听!”国王迫不及待地说。

“陛下,”穆罕默德说,“您有一个到了结婚年龄的女儿,可是您到现在还没有把她嫁出去,只要您不把她嫁出去,您的墙就永远垒不起来,宫殿也别想建成。”

国王马上问穆罕默德:“你愿意同我的女儿结婚吗?”

穆罕默德说:“只要您认为我配做您的女婿,我就愿意。”

国王同意了,开始着手准备他们的婚事。没过几天,穆罕默德就与公主正式结为夫妻。从此,穆罕默德的生活发生了翻天覆地的变化。

不久,穆罕默德把哥哥马力克接来。马力克看见自己的穷弟弟成了国王的乘龙快婿,十分吃惊。他不相信这一切都是真的。

穆罕默德对哥哥说："你总说贫穷是我的命，我永远也摆脱不了它，但是，现在我通过自己的努力，改变了自己的命运。"

哥哥听到这里，惭愧得无地自容。他想：弟弟穷的时候，我从来没有帮助过他，只想着自己。现在，他既有钱财又有地位，不知今后他会怎么对待我。实际上，马力克的担心是多余的，穆罕默德原谅了他，还请他搬到王宫里住。从此，兄弟俩一起过着幸福美满的生活。

椰子、蜜蜂、小刀和猫

很久以前，一个村庄住着一位老太婆。她满头银发，一脸皱纹，走起路来颤巍巍的。她孤身一人，既没有儿子，又没有女儿，更没有任何亲戚。她的生计就是挨村乞讨。

老人年纪太大了，眼睛几乎失明，到了晚上什么也看不见。一个丧尽天良的小偷每天晚上都来到老人的住处，把老人一天讨来的东西席卷一空。可怜的老人，不知道是谁拿走她的东西，天天问邻居，邻居们个个摇头说不知道。

一天晚上，小偷又把老人一天讨来的东西全部偷走了。老人只好又拿起空袋子像往常一样去乞讨了。她从一棵椰树下走过，突然一个椰子从树上掉了下来，滚到她脚下。

“快把我捡起来！”椰子像人一样说，“喂，老太太，把我装到袋子里，我会帮助你的。”

老人不相信，心想：这么个小东西能帮我什么？可她转念一想，最近运气实在不好，拿着它也许有用。于是，她伸手把椰子捡起来，把它装进袋子里，继续朝前走去。

走了一会儿，老人来到一棵大树下，树上有一个蜂巢。蜜蜂见她走来，便飞了过来，围着她嗡嗡转。

“喂，老太太，你把我们装进袋子里，我们会对你有用的。”蜜蜂说。

老人想：我不把它们装进袋子里，它们一定会来蜇我。于是，她把蜂巢和蜜蜂一起装进袋子里，又继续往前走。

走着走着，又有一个声音说：“喂，老太太，我是一把刀，你把我捡起来放进袋子里，我会对你有用的。”

老人心想：这把小刀对我有什么用？不过她还是把它捡了起来，放进袋子里。

老人没走出去多远，一只老猫咬住了她的裤腿，说：“喂，老太太，把我带上吧，我会对你有用的。”

这只小猫会对我有什么用？老人虽然心里这么想，但她还是把小猫装进了袋子里。

晚上，老人回到家。睡觉前，她把椰子放在火盆边，为的是把它烤软，明天早晨吃；又把蜂巢挂在门边的钉子上；再把小刀扔在地上；那只猫自己蜷缩在火盆边。

半夜时，那个贪婪的小偷又来了。他蹑手蹑脚地来到火盆旁，他知道老人把每天讨来的东西都放在火盆旁。当小偷弯腰去摸吃的东西时，猫用它那锋利的爪子猛地抓了他一下，吓得小偷赶紧往外跑，却不小心摔倒在地，被地上的小刀刺中了腿。小偷受了伤，爬起来，脚又踩在椰子上，摔了个仰面朝天。小偷拖着伤腿好不容易挪到门口，惊醒了的蜜蜂朝他扑去，蜇得他大叫起来。叫声惊醒了邻居，他们赶来把小偷抓住了。

老人把椰子、小刀拿起来吻了吻，又把猫和蜂巢贴在胸前。邻居们感到非常奇怪，他们始终不明白，一个瞎眼老人是怎么逮住小偷的？小偷又怎么会落得如此悲惨的下场？

哈妮与姆利德

哈妮是一个十分漂亮的女孩，她在人们心中就是美丽的皇后、黑夜的明星、花中的魁首。每当她身着漂亮的服饰，走在路上时，许多人都会为看她一眼而停住脚步，叫她一声“仙女”。

哈妮的父亲叫曼度，他们一家住在达塔尔附近的一顶帐篷里。哈妮是在群山环抱的山谷中长大的，她同姆巴拉克的儿子姆利德订了婚。哈妮十分欣慰，因为她的未婚夫不但是俾路支人的著名首领，而且是一个英俊、勇敢、善良的青年。姆利德也满心欢喜，因为他的未婚妻有着美丽绝伦的相貌。但是，命运却同他们开了一个大玩笑。

米尔·加格拉·汗也是15世纪俾路支人的著名首领。一天，米尔·加格拉·汗出门狩猎。他骑着马在森林中寻找猎物，不知不觉过了很长时间，直到他感到口干舌燥，才掉转马头朝附近的几顶帐篷走去，他径直走到一顶帐篷前。这正是曼度的帐篷，曼度不在家，哈妮把客人让进来就座。米尔·加格拉·汗要水喝，哈妮示意自己的女友把水递给他。因为俾路支人有一个规矩,订了婚的女孩是不能招待异性客人的。

米尔·加格拉·汗此时顾不上喝水,哈妮的美貌令他目瞪口呆,他甚至不相信世上会有这样的绝代佳人。当他走出帐篷时,他的心已无法控制。

米尔·加格拉·汗是俾路支人最著名的首领,人们叫他“伟大的俾路支人”。他喜欢上了哈妮,但是哈妮已经订了婚,她爱自己的未婚夫。米尔·加格拉·汗自从见到哈妮,他就琢磨着要娶哈妮。用什么办法才能把哈妮弄到手呢？他一直都在苦思冥想。

机会终于来了,一天,几个首领坐在议事庭中,其中包括姆利德和米尔·加格拉·汗,他们在谈论部落的事务。这时,资格最老的首领赫伯德说:“如果谁的骆驼闯进我的领地,我是不会还给他的。”

“哪怕是我的,你也不还吗?”米尔·加格拉·汗问。

“那当然,哪怕骆驼是米尔·加格拉·汗的,我也不会还的。因为我是无所畏惧的。”赫伯德说。

另一位首领米尔·加鲁手捋着胡须说:“摸我胡须的人,我一定要杀死他。摸我的胡子就等于侵犯我的尊严,我是把尊严看得高于一切的俾路支人。”

这时姆利德也说话了,他说:“晨礼后,无论谁向我要什么东西,我都会给,因为我是一个慷慨的俾路支人。”

听了姆利德的话，米尔·加格拉·汗买通了一些歌手，让他们清晨来到姆利德家。

第二天，姆利德做完晨礼出来，见一些歌手站在自家的院子里，便问："有什么事吗？"

"先生，我们来要件东西。"歌手们谦卑地说。

"想要什么，就说吧。"姆利德说。

"先生，我们要的东西，您真的肯给吗？"

"一定，俾路支人是信守诺言的。"

"先生，我们想要哈妮姑娘。"

姆利德好像触到雷电一样，顿时僵尸般地立在那儿。他有话不能说，因为他已经夸下了海口，无奈，他只好说："哈妮归你们了。"歌手们把泪流满面的哈妮带走了。她美丽的脸上泪水涟涟，活着不能与心爱的人在一起，她的心都快碎了。歌手们把哈妮交给米尔·加格拉·汗，得到了赏钱。

哈妮走了，痛苦和思念使姆利德万念俱灰，他精神恍惚，惘然若失。他不断地对朋友讲那本来不该发生的故事。他知道自己上了加格拉的当，但是，他又有什么办法呢？他只能在群星闪烁的夜晚，仰天长叹；只能在森林、旷野和山谷中游荡，以求得心灵上的片刻安宁。他甚至用烧红了的铁叉烧烫自己的身体，达到惩罚自己忘记哈妮的目的，但是，他怎么也忘不了哈妮。为了让自己安静下来，他选择了远离尘世，过着游方僧式的生活。几年后，他来到麦加，并在那儿一待就是三十年。

但是，他还是忘不了哈妮。他常常向群星、月亮和微风述说自己的心愿，希望它们能把他的祝福带给他的心上人。他说："哎，端坐在麦加圣殿顶尖上的鸽子，你为什么要彻夜鸣叫？我比你更痛苦、更无奈，你不要用你那郁闷的歌声把我逼上痛苦的绝境，飞下来吧，飞到达塔尔去吧，带上我的书信，飞到我日思夜想的心上人身边去。"

再说米尔·加格拉·汗，他把哈妮带回家后，送给她华丽的衣服和金光闪闪的首饰。但是哈妮一点也不为之所动，她仍想着姆利德。米尔·加格拉·汗的爱让她厌恶，她对米尔·加格拉·汗说："我知道你是米尔·加格拉·汗，是俾路支人的头领，但是我的姆利德比你强百倍。"

每当天空出现彩云时，哈妮的心就隐隐作痛，她在米尔·加格拉·汗的家里呼唤着姆利德："喂，白云啊，你为什么要在这里穿行？去麦加！那儿有我的姆利德。在滚烫的沙海里为他遮阴庇护！"

面对着那些华丽的衣服和金光闪闪的首饰，哈妮蔑视地说："米尔·加格拉·汗送来的绫罗绸缎就是炙人的火；他送来的钻石戒指就如同蜇人的蝎子，这只蝎子在不断吮吸我的血。哎，你为什么要这样焦躁不安？你的姆利德在遥远的麦加。"

在麦加的姆利德也在呼唤着哈妮，他在心中一遍又一遍地说："哈妮，对你的思念让我坐卧不安，即便在圣地，我也不能忘记你。

我亲爱的人，带来一点消息给我吧，没有你的消息让我心急如焚。是的，对你的思念，使我变成了游方僧，四处流浪；是的，分离带来的痛苦使我彻夜难眠，我的双目如燃烧的炭火；我承认，没有你，我心中的渴望永远不会消失。但是，我忠实的伙伴，我的骏马，它因为饥渴已生命垂危。”

哈妮和姆利德就这样在思念和呼唤着对方。

三十年后，姆利德回到家乡，如今他已脱离尘世，成为一名虔诚的苏菲派信徒。他走到哪儿，就在哪儿支起帐篷。一日，他来到米尔·加格拉·汗临时搭起的行宫前，那儿正在举行射箭比赛。姆利德站在那儿观看，说来也凑巧，没有一个人射中靶心。他也想试试，于是就走上前提出自己的要求，得到组织人的同意。他拉弓射箭，一箭就射中靶心，引起轰动。组织人又拿出一把弓来，这正是姆利德曾经使用过的弓，到现在还没有人能将它拉开。姆利德认出是自己使用过的弓，不禁泪水夺眶而出。他吻了一下弓，然后跪下来瞄准射击，箭正中靶心。观看的人惊讶不已，起先他们还不知道他是谁，后来认出他就是姆利德。

这一消息传到哈妮耳中，她立即赶来找姆利德，但是，姆利德转身朝山谷走去。哈妮紧随其后，她拦住姆利德。姆利德对哈妮说：“我早已抛弃了尘世，请不要追我啦。”

但是，哈妮仍紧跟着他。这时，一头白色的骆驼出现在他们眼前，他们骑上骆驼消失在山谷深处。

吝啬鬼

一个人来到一个吝啬鬼家中做客。吝啬鬼自己在厨房吃饱了饭，出来同客人聊天，但就是不提客人的吃饭问题。客人饿得很难受，也没好意思提吃饭的事。白天就这样过去了。到了晚上，客人自己也没提吃饭的事，吝啬鬼还是不理睬客人，反倒自己回到屋里再也没有露面。客人见他总也不出来，而且他饿得眼冒金星，只好自己到厨房去找东西吃。客人在碗柜里发现一盘新做的甜食，不管三七二十一，抓起来就吃，不一会儿的工夫就把一盘子甜食吃光了。客人吃饱了肚子，打着饱嗝，抹了抹嘴，回到房间躺在床上睡着了。

第二天清晨，吝啬鬼叫醒客人，对他说："昨天晚上，我本来是为你准备好了饭菜，结果家里来了几个人，他们牵着一匹大白马，逼着我上马出去……怎么说呢？他们一会儿把我带到东边，一会儿把我带到西边，一会儿把我带到南边，一会儿又把我带到北边。整个晚上我就这样度过，清晨他们才放我回来。"

听吝啬鬼说完,客人也说道:“昨晚,我也遇到了同样的事。你刚走,就来了两个凶神恶煞似的人。他们硬拽着我,挨个房间转,最后来到一个房间,那儿放有一盘甜食,他们端起盘子硬要我吃光甜食。我再三说不吃,可是没有用,无奈,我只好吃了。吃完甜食,他们才把我放回来。”

吝啬鬼听后紧张地问:“那你把甜食都吃了?”

客人说:“不吃,我又有什么办法?他们两个人非让我吃光不可。”

吝啬鬼气急败坏地问:“你为什么不叫我呢?”

客人说:“当时我去哪儿找你?你一夜都在外边转悠,一会儿在东,一会儿在西,一会儿在南,一会儿在北,让我上哪儿去找你?”

吝啬鬼听罢,不好意思地走开了。

活 木 偶

从前，木匠、金匠、裁缝与苦行僧四人一同去一个城市赚钱。一天，当他们走进森林里时，夜幕便降临了，他们决定在此歇脚。可森林里时时都有危险，于是，他们决定轮番值班守夜，顺利度过夜晚等来天明。

首先，由木匠看守。其他三个人都睡着了，木匠闲了一会儿觉得无聊，便拿起斧子砍下了一棵大树枝，用自己高超的技艺做了个十分漂亮的木偶。

过了一个时辰，轮到裁缝值班，木匠便叫醒了裁缝，自己去睡了。裁缝也因为困顿难当而开始想着怎么打发时间。就在这时，他看到了木偶，心想：这一定是木匠为了展示高超的技艺而做的，我应该给木偶做一身漂亮的衣裳，让她看起来更美丽。于是，裁缝做了一套好似新娘礼服的华丽衣裳，给木偶穿上。之后裁缝就叫醒金匠，自己睡觉去了。

困意中金匠看到了这个穿着衣服的木偶，心想：这一定是木匠和裁缝为炫耀技艺而完成的，我也应该展示一下自己的才艺，给木偶做套新首饰，把她装饰起来，让他们看看自己的手艺。金匠打好首饰，给木偶戴好，果然，木偶看起来更漂亮了。首饰的款式真是世上罕见，美丽无比。现在这个木偶只剩下不能开口说话，只缺少一颗心了。金匠叫起了苦行僧，自己便睡去了。

苦行僧一起来便虔诚地祈祷。过了一个时辰，他看见前面站着一位十分漂亮的女子，女子既不动，也不晃。苦行僧想：这肯定是前三个人一起做的木偶，我要向真主祈求赋予这个木偶生命，展示我的才能，让他们知道我能给这个无生命之物生命，让他们也知道祈祷之人的本事。苦行僧开始虔诚地祈祷起来，最后，这个美丽的木偶果真被赋予了生命，可以像人一样说话了。

夜晚就这样过去了，太阳爬上了天空，四人看到了美人都一见钟情地爱上了她，互相争吵起来。

木匠说："我应该是她的主人，是我用木头把她塑造成人形，她应该跟我走。"

裁缝接着说："我才是她的主人，因为我给了她女人的尊严，让她有了衣服。"

金匠不甘示弱："这个新娘应该归我，是我给她打造了珠宝，她才看起来光彩照人。"

苦行僧最后说道："这本是个木头人，是靠我向真主虔诚地祈祷才使她成为活人，如果没有我，你们现在谁能看到这样一个活生生的美人？所以当然应该我带走她。”

四人谁也不肯让步，于是他们决定让一个正巧经过的过路人来评评理。哪知这个过路人看到美女也一下子爱上了她，说道：“这是我的未婚妻，你们四个人把她从我家里拐走，让我与她分离。”

最后，路人把这四个人带到城里的警察局，让警察局长评理。可警察局长竟也一眼就爱上了这个美女，说道：“她是我哥哥的妻子，他带着她去旅行了。可能是你们打伤了我哥哥，带着她逃跑了。”

最终警察局长把他们五人带到了法官身边，谁知，法官竟也爱上了这个女子，说道：“你们是谁啊？这是我的妻子。我已经找了她一段时间了，她拿走很多珠宝首饰离家出走了。现在拜你们所赐，那些珠宝首饰在哪儿，让她说出来！”

几人的争论如此持久，以至于城里的男男女女、老老少少闻讯都来看热闹。人群中有一个老人说道：“我看你们几个就算争论到末日也没有个结果。你们去城里吧，离这儿只有几天的路程。那里有一棵老树，名叫‘终审树’，凡是悬而未决的案子，大家都来到老树边请它评理。你们叙说过案情后，老树就会发出一种声音，让案件最终得到解决，争论最终平息。”

七个人听罢就带着这个女子来到老树下，把情况一五一十地跟老树讲了一遍，最后问道：“哎，老树，你来评判吧！谁应该拥有这个女子?”

就在这时,老树的肚子破了,女子顺势跑了进去。这时老树传来了声音:“你们可能都听说过,任何事物要返璞归真,回到自己的本质上来。走吧,离开这里,都回家去吧。”于是,七个人羞愧难当地各自回家去了。

火炭与气球

火炭与气球是好朋友，它们总在一起，常常一起出去游玩。一天，它们边走边聊天。

气球说："如果没有我，世界就不完全，大人和孩子都觉得我好玩。我那色彩斑斓的服饰，让人们高兴。他们把我放入空中，孩子们见了都非常高兴，不断地跳起来抓我，但是我像彩云一样，时而飞到这儿，时而飞到那儿，我如同月亮一般，孩子们是摸不到的。"

听了气球的自吹自擂，火炭说："老弟，如果说你的故事有趣的话，都是由于你肚子里有那股气。实际上你什么也没有。如果你飞到灌木丛中，你的神气劲也就荡然无存了。喜欢你的孩子也是你的敌人，你只要到他们手中，就会被他们揉搓得没命。孩子们不喜欢我，也不敢碰我，就连那些大智大勇的人也怕我。有了我，世界才有温暖。我可以驱赶黑暗，带来光明。狮子、大象也得怕我三分。人们点燃我，还有人崇拜我，认为我是最神圣的，并在神龛里给我一席之地。如果没有我，人就活不了。在寒冷的冬季，我的篝火可以使真主的造化物生存，否则，他们会冻得抖个不停。我是真主造化物的恩人，也是对罪犯的惩办人。”

听了火炭的这番话，气球十分不高兴，它说：“你像灯一样总是燃着，你命运中就没有休息，一滴水就可以置你于死地，水一滴上去，你就完了。”

气球和火炭一路上就这样争来吵去，它们都想抬高自己贬低别人。吵着吵着它们来到一条小溪边，气球说：“兄弟，你比我大，你先过河吧，我不能这样不懂规矩抢在哥哥的前面。”

火炭说：“我是比你大，但我绝不是那种不关心比我小的人。如果我先过了河，剩下了你，森林里的动物伤害你怎么办？”

气球说：“我的哥哥，哪会有这样的事呢，您先过吧。”

看到气球一再推让，火炭急了，一怒之下跳进小溪里。它一进到水中，水波就熄灭了它，它的生命也随之完结。气球在河边看着火炭被水吞没的情景，大笑了起来。笑着笑着它控制不了自己，越笑越想笑，它的身体也越胀越大，突然，“嘭”的一声，它的肚子破了，破了的气球就像一块破布一样落在地上。

松鼠和大山

山洞里住着一只松鼠。一天,大山对松鼠说:“你太小太微不足道了。”

松鼠说:“我是没有你大,但是,你也没有我这样小。”

大山说:“我大,大有很多优势。”

松鼠说:“我小,也不能说没有优势,你就没有发现我在你身上跑得多么轻松吗?”

大山说:“你算老几?我能把森林举在头上。”

松鼠说:“如果说我不能像你那样把森林举在头上,但你也不能像我这样把一个个小小的果子咬碎。”

大山说:“这有什么可炫耀的?”

松鼠说:“这不是我们谁在炫耀什么,应该说你能做的事我做不了,我能办到的事你办不到。”

这真是千真万确的真理,世上万物有大小之分,小的能做的事，大的未必能做。所以说，人不应该只看到自己的长处，而看不到别人的优势，更不应该以大小来论高低。

谁的本领大

一只鸡在啄食，一头牛犊走了过来。牛犊踢了鸡一下说："你是瞎子，看样子我的威风你没有见过。"

"你才是瞎子呢！你有什么了不起的，你为什么踢我？"鸡问。

"我比你大，比你有尊严。"牛犊回答道。

"你胡说，我才比你大呢！"鸡不服气地说。

它俩就这样争吵起来，甚至动起了干戈，最后谁也没占上风，于是决定找个动物来评判，看它俩谁大。

走着走着，它们遇见一只绵羊。它们对绵羊说："我俩为谁大而发生了争吵，你要公正地评判，我俩谁大？"

"评判你俩谁大，应该找地位与你们一样的动物来做，"绵羊说，"你们比我低级，我怎么能为你们评判呢？"

鸡和牛犊一听，气不打一处来，它们联合起来反对绵羊。它们说："你比我们低级，在我们面前你算老几？"

"别胡说了！"绵羊说，"低级愚蠢的家伙。"

就这样三个动物争得面红耳赤。鸡见火药味太浓,就赶忙转移大家的注意力,说:“走,我们找别的动物来评判,看看我们当中谁大,谁是高级动物?”

一会儿,鸡、绵羊和牛犊遇见骆驼。三个动物异口同声地问道:“请问,我们当中谁大?”

骆驼立即说:“让我来说你们中间谁大?这怎么可能,你们都是些低级动物,来找我评判,也亏你们想得出来,让我来评判老虎、狮子之类的动物还差不多。去吧,别浪费我的时间。”

“你有什么了不起的,”它们三个一齐说,“你长得高,所以说话这么愚蠢。你走你的路吧,给老虎、狮子评判去吧!说不定走在哪儿,你便会被人类抓住,在鼻子上拴个绳,再骑上你,你就高兴了。”

骆驼听了三个动物的话勃然大怒,它说:“让我来好好教训教训你们。”说完它就扑了过来。这时,它们之中有一个忙说:“息怒!息怒!我们往前走走,再找一个人来为我们评判。”

这样鸡、牛犊、绵羊和骆驼来找法官。它们说:“我们为谁大而争得不可开交。每一个都说自己大,自己是高级动物。请您为我们裁定,我们四个谁大?谁是高级动物?”

法官说:“我觉得你们不会接受任何人的判决。”

所有的动物一起说:“您的判决是最后的,是决定性的。我们会接受您的判决。请快告诉我们,我们谁大?”

法官最先问鸡:"你说,你为什么比牛犊大?你有什么优势?"

"当真主把亚当赶出天堂时,"鸡说,"亚当对真主说:'造物者,我在天堂时,有您的天使唤醒我。现在我要到地上了,那儿可没有人来唤醒我,也没有人叫我起床做祈祷。'真主听了这番话,就命令我爷爷说:'每天为亚当报晓,叫他起来做祈祷。'打那以后,无论是狂风暴雨,还是山洪暴发,早晨我们都为人类报晓。"

法官又问牛犊:"你也说说你的本事。"

"哎,法官,"牛犊说,"当真主为大地铺上绿草时,他问每一个人:'谁能承受大地的重量?'这时,我爷爷站了出来说:'唉,真主,我虽然很瘦弱,但是有您的仁慈和给予的力量,我能用一只角托起大地。'从那以后,我们用自己的角一直托着大地。我爷爷让我们永远遵循真主的旨意,永远不偷懒,所以我们勤奋地耕作。我们的主人对我们的耕作十分满意,而且可以说,没有我们就办不成什么事。法官先生,难道还有比我们更好的动物吗?"

接着法官又让绵羊讲讲理由。

绵羊说:"当真主命令亚伯拉罕先知把他最心爱的东西献出来时,亚伯拉罕准备宰杀儿子献祭给真主。真主英明,把我们绵羊放在亚伯拉罕先知的刀下,也就是说绵羊替亚伯拉罕的儿子献牲。从此我们被选来做祭礼。"

最后轮到骆驼了,它说:"我是阿格拉姆先知的坐骑,先知骑上我去乌尔法讲经。"

听了所有动物的故事，法官陷入沉思。他在思考，谁的本领大，谁的本领小。经过深思熟虑，他说："你们看，你们四个都很高尚和值得尊敬，应该像兄弟一样相互理解，相互尊敬。"

四个动物接受了法官的话，从此成为朋友。

橡树和芦苇

一条河边长着一棵大橡树，橡树下有一片芦苇丛，从远处看去，芦苇丛就像一片草。

橡树经常自言自语道："我长得多么高大、多么粗壮，无论狂风怎么肆虐，我的树枝从不摇晃，树叶总是完好无损，在狂风面前我从不弯曲，连一条树枝也没折断过。"

有一天，橡树对着芦苇丛说："喂，可怜的芦苇，你那么轻，又那么微弱，只要有点风，你就得倒伏在地。狂风来了，你就更惨了。可我呢，我在狂风面前岿然不动。"

一天，果然狂风大作，橡树站在那儿纹丝不动。它说："芦苇，你看见了吧，狂风拿我没办法，而你呢，只能向它低头。"

芦苇什么也没说。

橡树的话激怒了狂风，狂风使足了劲猛烈地吹了起来。这会儿，橡树也抵挡不住了，它的树枝噼啪噼啪地一个接一个地被折断，树干也从中间折成了两截。

芦苇被狂风吹得匍匐在地，可狂风一停，芦苇又站了起来。遗憾的是，大橡树再也没有恢复原样。

与气球比大的青蛙

有个小女孩手里拿着个大气球，跟爸爸沿着运河边走边玩。一阵风吹来，小女孩手中的气球随风飘到了运河上，她很着急。她的爸爸见此情景，答应再给她买一个。父女俩只能看着气球随着水流漂去。

气球在水面上随波逐流，碰巧被在水中玩耍的一群小青蛙看见。它们围拢过来，吃惊地看着这个奇怪的东西。开始它们很害怕，谁也不敢去摸气球，后来一只青蛙的脚不小心碰着了气球，可气球没有任何反应。其他几只小青蛙见此也壮大了胆子去踢、去摸。气球仍不作声，只是动了一动。小青蛙们看到这里十分开心，它们全都冲了上去，在气球的上下左右踢踢撞撞，有的青蛙甚至咬着气球的嘴拽来拽去。

气球被小青蛙们折腾得无路可走，只好往深水中跑去，并随着波浪越漂越远。小青蛙们看着漂到深水中的气球，毫无办法。它们不敢游进深水中，因为父母说过，深水中的大鱼会吃掉它们的。

气球漂走了,小青蛙们互相埋怨起来。一个对另一个说:“都怪你,你把它踢得太狠了,它生气了才跑的。”

另一个说:“你用嘴拽它,它才生气跑了。”

正在小青蛙们争吵不休时,又来了一只青蛙。这只青蛙平时就神气十足,目中无人。它看见这么多青蛙聚在一起,老远就喊:“干吗挡住我的去路?没看见我来了吗?你们在这干什么?”

小青蛙们害怕得谁也不敢吭声。它又说:“没听见吗?我在问,你们在这干什么?”

青蛙们虽然顽皮,但从不说谎,它们把事情原原本本地告诉了那只青蛙。那只青蛙又大声说:“那是什么东西?”

有一只小青蛙说:“它像鱼鳔,但是很大很圆。”

其他小青蛙也壮着胆子说了起来,一个说:“它很胖很圆。”

另一个也附和着说:“对,它很圆很胖。”

“很圆很胖,”那只青蛙学着第三只青蛙的口气说,“难道它比我还大,还圆吗?”说着,它把身体胀大了一些。

看到这个情景,小青蛙们忍不住笑了起来,并说:“你根本无法与它相比。”

听到这话,那只青蛙火冒三丈,怒气冲冲地问:“它比我还圆?”说完它又把肚子胀大了一些。

小青蛙们异口同声地说:“比你现在的肚子还要大,还要圆。”

这话使那只青蛙更加生气,它深吸了一口气憋进肚子里,问:

“现在，它比我还大还圆吗？”

这时，那只青蛙的肚子已经胀得非常大，就连说话都困难了，但是与气球相比仍然很小，所以小青蛙们仍然异口同声地说：“比你现在还大还圆。”

这时，那只青蛙真是怒不可遏了，它使足了劲把自己的肚子胀得再也不能胀了，说：“它比……”还没等它把话说完，就听见嘭的一声，这是骄傲的青蛙肚子破裂的声音。

这突然的破裂声吓得小青蛙们一下子都跳了起来，它们吃惊地互相看来看去。

后来有一只年长的青蛙过来说：“还是人说得对——‘骄傲必败’。这只青蛙如果不骄傲，它哪会有这样的悲惨下场？”